U0463637

情书里的

编著
邵子岐

民国

团结出版社

图书在版编目（ＣＩＰ）数据

情书里的民国 / 邵子岐编著. -- 北京 ：团结出版社，2017.7
ISBN 978-7-5126-4696-4

Ⅰ.①情… Ⅱ.①邵… Ⅲ.①故事－作品集－中国－当代 Ⅳ.①I247.81

中国版本图书馆 CIP 数据核字(2017)第 039338 号

出　版：团结出版社
　　　　（北京市东城区东皇城根南街 84 号　邮编：100006）
电　话：（010）65228880　65244790　（出版社）
　　　　（010）65238766　85113874　65133603（发行部）
　　　　（010）65133603（邮购）
网　址：http://www.tjpress.com
E-mail：zb65244790@vip.163.com
　　　　fx65133603@163.com（发行部邮购）
经　销：全国新华书店
印　装：三河市东方印刷有限公司

开　本：145mm×210mm　　　32 开
印　张：7.625
字　数：147 千字
印　数：3545
版　次：2017 年 7 月　第 1 版
印　次：2017 年 7 月　第 1 次印刷
书　号：978-7-5126-4696-4
定　价：29.80 元
（版权所属，盗版必究）

序言

　　每每回想那个战火与诗香的年代，悲喜酸甜变化。有人独孤卧于情意的韵上，恬美如溪，静雅如风；有人适意如清秋的枫林，孤傲如一池睡莲，罔顾世间情仇。

　　旧时月色映眉山，我站在悠长的巷口，古老的钟摆记录岁月沧海，飞絮落花还带着余韵，美丽的女子从雨巷走过，带着丁香一样的忧伤。酣梦悠悠如今红尘辗转，梦中曼妙的人儿又在哪个方向飞翔？徐志摩在这荒山偏屋的一隅冥想，想着她素绝于世的清新容颜，又落在哪座竹篱溪涧的幽静中？

　　相思就是开在那最浓艳的一朵芬芳里自我独醉。犹自在心海的波澜中，晕染双眸清波的涟漪。心中的柔情，百转千转万转的。在水光尽头，摇着竹筏上忆念的信笺随她而去。他知晓，山重水复的尽头，她的芳踪正频频回首。

溯洄从之，道阻且长。追寻你的影子，你的一颦一笑，你快速的步伐，都是此生最有情趣的事情，在追逐与被追逐的过程中，你不知我也不自知。等到绿肥红瘦，偏偏我只喜欢你，偏偏我只想拥有你。

月光下，是谁在悲鸣？烛光中，古卷情诗清雅了谁，却无一人相对。

愿得一心人的誓言有谁在遵守？痴念也好，痴狂也罢，金岳霖为了林徽因不娶，卞之琳与张充和相约白头，回眸慨唱浮生，若是错了，只因没有遇见对的人。

我抚摸着寸寸青苔附着的砖瓦，撑着油纸伞看着行人步履匆匆，什么都不做，什么也不想，任冰冷的风吹在脸上，感受时光飞逝留下淡淡阴影。

十年生死两茫茫，独自一人浅酌世间的纷繁故事，再在夜梦中细细低语于你，仿佛你还在，与我逗趣、与我交谈、与我情思绵绵。也害怕，害怕想你，更害怕连梦也梦不到你。

一封封泛黄的情书静静尘封着，散发着浓郁的墨香，似在向我诉说着一百年前的往事，君不知晓，我心悠悠。我们都是红尘里的过客，在最美好的年华遇见对的人，因为惦念，所以不安，因为想念，所以伤感，因为远游，所以留恋……

我们会用一分钟的时间认识一个人，用一个小时的时间喜欢一个人，再用一天时间去爱上一个人，到最后——却要用一辈子，去忘记一个人。

目 录 ／ Contents

第一章　我念卿时如初见
Chapter one

第二章　只愿君心似我心

Chapter two

雷电已过去，只下着小雨，夜是更深了。灯也亮了，人也倦了，明天再谈吧，祝我的爱好好的睡！我真的是多么甜蜜而又微笑地吻了你来信好几下呢！1 点差 10 分，你爱的曼珈。

红豆似的相思啊！一粒粒的
坠进生命底磁坛里了……听他跳激底音声，
这般凄楚！这般清切！

你站在桥上看风景，
看风景的人在楼上看你。
明月装饰了你的窗子，
你装饰了别人的梦。

一见我是宝剑，你是火花。我愿生如闪电之耀亮，我愿死如彗星之迅忽。

第三章　春风十里不如你

Chapter three

第四章 此情可待成追忆
Chapter four

第五章　清泪双行悼故人

Chapter five

第一章

我念卿时如初见

每每回想那个战火与诗香的年代，悲喜酸甜变化。

有人独孤卧于情意的韵上，恬美如溪，静雅如风；

有人适意如清秋的枫林，孤傲如一池睡莲，罔顾世间情仇。

在这荒山偏屋的一隅冥想，想着她素绝于世的清新容颜，又落在哪座竹篱溪涧的幽静中？

沈从文·张兆和：
人生自是有情痴，此恨不关风与月

我行过许多次地方的桥，看过许多次数的云，喝过许多种类的酒，却只爱过一个正当最好年龄的人。

——沈从文

我行过许多地方的桥，看过许多次数的云，喝过许多种类的酒，却只爱过一个正当最好年龄的人——沈从文致张兆和。

如果要评选民国最感人的爱情故事，沈从文和张兆和绝对可以入围三甲。提起他们的故事，绝大多数人想到的是那些在行走间留下的信笺。从提笔到停笔，他将心里的情思，倾注笔端，岁月流逝，却丝毫不减它散发的炽热，道不尽的相思，落不完的眼泪，凝注成一封封爱与守望的信件。如果我爱你是你的不幸，你这不幸是同我的生命一样长久的。

名不显时心不朽，再挑灯火看文章

滔滔绵延数千里的沅水岸边，总能看见一个皮肤黝黑的少年穿梭其中。

沈从文，一个身上流淌着汉族和苗族血液的少年，天生的执拗性格，十四岁就以预备兵的名义入伍，走过贵州、踏过湘川，古人曾说："读万卷书，行万里路"，也许是西南风光的秀美，启发了他对古典诗词的热爱。1919年五四运动爆发，数万名学生涌入街头，上海、北京高亢的爱国之歌传遍中国，也影响了尚在军旅的沈从文。受新文化运动的影响，1923年他只身离开湘西，怀揣着青春梦想以及对文学的满腔热忱来到北京。刚下火车，他站在月台上对着湛蓝的天空说道："我是来征服你的！"从此，沅水岸边少了一名站岗的士兵，中国文学史上多了一位巨匠。

北漂的日子并不好过，初来北京的沈从文蜷缩在湖南会馆一间没有炉子的小屋里，京城米贵，居之不易，对于一个土生土长的南方人来说，北京冬天是难熬的。几十年后，他在"选集题记"里说：克服困难不仅需要韧性和勇气，不好办的还是应付生活。我尽管熟悉司马迁、杜甫、曹雪芹的生平，并且还明白十九世纪旧俄几个大作家的身世遭遇，以及后来他们作品对于本国和世界做出的伟大长久贡献，用一种"见贤思齐"心情来勉励自己，应付面前现实的挫折困难；可是人究竟是生物之一，每天总得有点什么消化消化，体力才可望支持得下去。当时这件事就毫无办法，有一顿无一顿是常事。

当时，曾发生这样一件事：沈从文实在走投无路了，给正在北大担任讲师的郁达夫写信，诉说自己饥寒交迫的艰难境况。当郁达夫冒着鹅毛大雪来到他的住处，看见沈从文一边流着鼻血，用已经冻得发紫的手伏案写作。郁达夫将身上仅有的几块钱放下，拍拍沈从文的肩膀说："我看过你的文章……要好好写下去。"

沈从文捱过饥寒交迫的日子，也经历过文学之路的彷徨。天道酬勤，1926 年他终于出版了第一部作品集《鸭子》。

充满荆棘的道路上，或许迷茫，或许悲伤，沈从文始终没有停下脚步，1929 年他去吴淞中国公学任教。沈从文以小学的学历在大学教授文史，还多亏了胡适有识人之明，后来沈从文自己都说："适之先生的最大的尝试并不是他的新诗《尝试集》，他把我这位没有上过学的无名小卒聘请到大学里来教书，这才是他最大胆的尝试。"

沈从文虽然已在文坛崭露头角，但之前却从未教过书，对于中国公学的教职，他心里充满了期望和不安。上课前，沈从文做了仔细的准备，预备的资料也很充分，讲一堂课绰绰有余。所有这一切都给沈从文增添了很大的勇气和底气。

沈从文已小有名气，同学们也都想一睹这位作家的风采，故来听课的学生极多，日后成为他妻子的张兆和也身在其中。走上讲台，沈从文抬头一望，只见黑压压一片人头，心里蓦然一惊，大脑一片空白，原先想好的话题一下抛到了爪哇国。一分钟过去了，他一言未发，五分钟过去了，他依然不知从何说起，众目睽睽之下，他竟然呆了十几分钟。最后好容易开口了，他一面急促地讲述，一面在黑板上抄写提纲，原来预备一小时的内容，十多分钟便匆匆而毕。沈从文再次陷入窘迫，他无助地望了望同学们，拿起粉笔在黑板写了这样一行字：我第一次上课，见你们人多，怕了。

看着沈从文怯怯的模样，听课的学生们哄堂大笑——这位"小先生"虽然怯场，倒是个实诚人。消息传到学校同仁那里，被当成笑料，这样的人也配做先生？居然十几分钟讲不出一句话来！有人向胡适告状，胡竟一笑了之："上课讲不出话来，学生不轰他，这就是成功。"

直道相思了无益，未妨惆怅是清狂

沈从文与十八岁的张兆和的第一次邂逅，是在胡适的办公室里。张兆和清丽明畅的气质，让这个潦倒的书生一见钟情。第一次见面后，沈从文在心中悄然种下一颗名为相思的种子，卑微地爱上了张兆和。然而，面对胡校长"沈从文是天才，是中国小说家中最有希望的"这样的夸奖，张兆和却并不在意。

从那以后，他眼里的风景从未缺了她，她在操场吹口琴，他就在一旁静静地看，她无论走到哪里，身边都能看见沈从文的影子，这近乎疯狂的痴恋，换不来等价的回应，张兆和冰凉的眸子里倒映出沈从文颀长落寞的背影。

他开始为她写信，长篇累牍，不厌其烦。还是个孩子的张兆和找不到更好的办法，以为沉默是最好的拒绝方式，却未曾想过，沉默的另一种解读是为默认。显然张兆和的意思是前者，而沈从文的理解是后者，爱情间只可意会的事情，却以误会开场，那么在苦苦追寻的过程中，注定会渲染出一章章动人的情书。

"我用手去触摸你的眼睛。太冷了。倘若你的眼睛这样冷，有个人的心会结成冰。"

"我明白你会来，所以我等。"

"有些路看起来很近走去却很远，缺少耐心永远走不到头。"

"望到北平高空明蓝的天，使人只想下跪，你给我的影响恰如这天空，距离得那么远，我日里望着，晚上做梦，总梦到生着翅膀，向上飞举。向上飞去，便看到许多星子，都成为你的眼睛了。"

涓涓流淌的心事在情书里，一次又一次的展现，也许追寻已经成为他的习惯。渴望回应，亦不敢面对她的回应，如果那不是

他想要听到的话语，他该如何？反观张兆和不亦如是么？张兆和在
1930 年 7 月 8 日的日记中写道："他对莲说如果得到使他失败的
消息，他只有两条路可走，一条是刻苦自己，使自己向上，这是一
条积极的路，但大多半是不走这条的，另一条有两个分支，一是自杀，
一是，他说，说得含含糊糊，'我不是说恐吓话……我总是的，总
会出一口气的！'出什么气要闹的我和他同归于尽吗？那简直是小
孩子的气量了！我想了想，我不怕！"

　　文学巨匠沈从文，在心爱女子的面前也会是这般的手足无措，
就连张兆和都言道，沈从文像个小孩子，不过也身为孩子的她哪里
晓得，热恋中男人智商、情商都如同小孩子，不然身为老师的他，
又怎会说出这般不经思量的话呢？

　　近水楼台先得月，向阳花木易为春。认识到这点的沈从文曾与
张兆和的同室好友王华莲有过一次谈话，希望王华莲能玉成此事。
王华莲告诉沈从文，张兆和每天能收到几十封求爱信，倘若都要回
信，她就没时间念书了。

　　其实王华莲没有告诉沈从文，张兆和喜欢为她收到的情书以青
蛙编号，也许在当时的张兆和看来，一封封情书只不过是彰显她有
魅力的军功章而已，毕竟她才只有十八岁，面对沈从文炽热又深沉
的爱，她除了回避没有第二条路选择。

　　也许，在王华莲看来，这个爱哭鼻子的"乡下人"，实在不是

张兆和的良人。

相对于王华莲的不看好，身为吴淞中国公学的校长胡适，不但不反对老师爱上学生的戏码，还心甘情愿地当起了沈从文和张兆和的月老。

也许是沈老师的情书写得太过凶猛，张兆和无力招架，开始变得厌烦，跑到胡适那里去告状，没想到胡适笑笑回答："有什么不好？我和你爸爸都是安徽同乡，是不是让我跟你爸爸谈谈你们的事？"张兆和急红了脸："不要讲。"校长很郑重地对这位女学生说："我知道沈从文顽固地爱你！"张兆和脱口而出："我顽固地不爱他！"

胡适闻言愕然，只得给沈从文写信："这个女子不能了解你，更不能爱你，你错用情了。你千万要坚强，不要让一个小女子夸口说她曾碎了沈从文的心。此人太年轻，生活经验太少……故能拒人自喜。"

沈从文确实为张兆和碎了心，又岂止是碎了心这么简单？"乡下人"沈从文口口声声说只愿做她的奴隶。卑微的爱，心里的伤，熔炼成一封读之令人震撼不已的文字，爱一个人竟不惜牺牲尊严至此么？

"莫生我的气，许我在梦里，用嘴吻你的脚，我的自卑处，是觉得如一个奴隶，蹲到地下用嘴接近你的脚，也近于十分亵渎了你的美丽。"

"蒲苇是易折的，磐石是难动的，爱你的心希望它能如磐石。"

爱情使男人变成傻子，也变成了奴隶，不过能在芸芸众生大千世界里，找到一个心甘情愿为之做奴隶的女人，不知是幸事，还是不幸？

一次又一次的降温，才让树叶变黄；一回又一回的漠视，已经让沈从文的心凉如寒川。沈从文意识到是时候该重新审视这段感情了，校园里偶然的擦肩而过不再是刻意为之，张兆和看着自己身子映在沈从文目光里竟是这般暗淡。女人永远到失去才知道珍惜。她重新审视站在她面前的这个男人，紧闭的心扉忽地跳漏一拍。她想起他在情书里的叮嘱，不要因为干扰荒废了学业。

她笑着走了过去，牵起他的手，看着沈从文木讷的眼神里乍现出的流光溢彩，相思的种子发了芽，开了花，几番耕耘，是时候品尝爱情的甜蜜了。

事后，她曾对人说："自己到如此地步了，还处处为人着想，我虽不觉得他可爱，但这一片心肠，总是可怜可敬的了。""是谁个安排了这样不近情理的事，叫人人看了摇头？"经过四年的努力，沈从文终于将张兆和追到了手。

1932 年夏天的一个早晨，约摸 10 点，太阳照在苏州九如巷的半边街道上。石库门漆黑大门外，来了一个文文绉绉、秀秀气气、身穿灰色长衫的青年人，脸上戴一副近视眼镜。他告诉门房，自己姓沈，从青岛来，要找张兆和。张家门房吉老头说："三小姐不在家，请您进来等她吧。"这是沈从文第一次到苏州张家做客。也许是太过紧张，他没敢进门，反而倒退到大门对面的墙角，站在太阳下发愣。

张兆和去图书馆看书了，出来迎接的是二姐张允和。沈从文不知所措，吞吞吐吐说出三个字："我走吧！"张允和让他留下地址，才知道他住在旅馆。张兆和中午回来，允和怪道："明明知道沈从文今天来，你上图书馆，躲他，假装用功！"兆和不服气："我不是天天去图书馆吗？"在允和的劝说下，兆和答应去见沈从文，但是得知他住在旅馆，又犯难了。去旅馆，该怎么开口呢？允和又出主意："你可以说，我家有好多个小弟弟，很好玩，请到我家去。"张兆和终于去了。1969年，沈从文回忆两人旅馆相见的一幕：那年我从苏州九如巷闷闷地回到旅馆，一下躺倒在床上，也无心吃中饭。正在纳闷的时候，忽然听到两下轻轻的敲门声。我在苏州没有亲戚和朋友。准是她！我从床上跳了起来，心也跳了起来！开了门，看见兆和站在门外，双手放在身背后。我请她进来，她却往后退了一步，涨红了脸，低低地说："我家有好多个小弟弟，很好玩，请到我家去。"张兆和竟然把二姐的话原封不动地背了一遍。原本以为只有沈从文内向不善言辞，没想到在情爱面前锦心绣口的张兆和也失了语。

沈从文和张兆和说："如果爸爸同意了，就早点让我知道，让我这个乡下人，喝杯甜酒吧。"张兆和回到家中，征求父亲意见，等父亲同意自己的婚事后，张兆和立刻给沈从文拍电报，告诉电报员说："乡下人，喝杯甜酒吧！"电报员不解，张兆和不好意思地说："你甭管，照拍好了。"

1933 年 9 月 9 日，沈从文与张兆和在当时的北平中央公园宣布结婚，但并没有举行任何仪式。新居是北平西城达子营的一个小院子，这个媒人是允和做的，所以沈从文一看见二姐允和就叫她"媒婆"。

知我者谓我心忧，不知我者谓我何求

沈张二人结婚后，小夫妻俩的感情如胶似漆，沈从文在信中用"三三"称呼她，张兆和也用"二哥"回敬，全然看不出当年说着"我也顽固地不爱他"时盛气凌人的影子。

沈从文新婚不久，因母亲病危回故乡凤凰探望。他在船舱里给远在北平的张兆和写信说：我离开北平时还计划每天用半个日子写信，用半个日子写文章，谁知到了这小船上却只想为你写信，别的事全不能做。追逐的四年里从未回过信的张兆和，如今也学起了思妇，挥起玉管，将担心和思念流露于笔尖，她是这样写的：长沙的风是不是也会这么不怜悯地吼，把我二哥的身子吹成一块冰？为了这风,我很发愁就因为我自己这时坐在温暖的屋子里,有了风,还把心吹的冰冷。我不知道二哥是怎么支持的。

接到回信,沈从文的兴奋溢于言表,安慰说:三三,乖一点,放心,我一切好!我一个人在船上,看什么总想起你。这就是那句"你在时,你是一切;你不在时,一切是你。"的最好写照吧。

像平常男女那般,沈张夫妇品尝着爱情之果的甜蜜。1937 年抗日战争全面爆发,他们的爱情在家国山河间,却是这般微不足道。北京失陷后,沈从文与几位知识分子化装南逃,张兆和却领着两个孩子留在了北京。为何沈从文做如此安排?是否有他的考量?还是因为沈张二人闹了矛盾,以张兆和的脾气,婚前这般冰凉,婚后也是如此,张兆和铁了心留下,沈从文这样的性情,是万万说不动她的。

夫妻分离后,不断有书信往来,在那个战火连绵的年代,千万黄金抵不过一封家书,沈从文在信里询问,为何张兆和不跟他一起走,张兆和在信里一再强调:孩子需要照顾离开北京不便;沈从文的书稿也需要她来整理。拿着书信,看着上面冠冕堂皇的借口,沈从文的心骤然变凉,去信质问她:你到底是爱我给你写的信,还是爱我这个人?

这场争执,最后以兆和带着孩子南下告终,两人总算团聚了。但裂缝已经出现,并随着时间对婚姻的磨蚀而日渐扩大。

《飘零书简》中,一些细节上,我看出了两人在感情上出现了龃龉。

　　张兆和和沈从文的性格也有很大的差距，沈从文平素不善理财，又喜欢收集古董，并没有预留积蓄。战争爆发后，物价飞升得厉害，张兆和带着两个孩子在北京生活，信中话题不再是含情脉脉的情话，柴米油盐的生活琐事成了写信的主题。再深的感情也会随着时间的消磨而衰退，任何风花雪月都有意兴阑珊的一刻，她在信中指责沈从文，说他不懂得未雨绸缪，不是绅士冒充绅士，以至于弄得现在的生活十分狼狈。

　　与张兆和沉浸在现实的物质生活里不同，沈从文更注重精神世界，他沉浸在对异地恋的担忧之中，思念、惶恐、焦虑等诸多不确定的思绪占据了他整个的内心。他认为张兆和有多次可以离开北京与他在一起的机会，但她总是"迁延游移"故意错过，这让本就自卑敏感的沈从文更加怀疑张兆和不爱他，不想和他生活。甚至他写信告诉张兆和：她永远是个自由人！如果她移情别恋不愿意回来，他也不会怪她。

　　林徽因因为同时爱上两个人而苦恼，梁思成因爱充分包容她，甚至让林徽因自己做抉择，林徽因当下决定继续与梁思成厮守，反观沈从文与张兆和，却读不出任何爱与包容的味道，反而带着些许的怨。

　　爱与被爱，本就是剪不断理还乱的存在，沈从文在感情上孩子式的表现，也许是张兆和对他失望的症结。年轻的她不得不像大姐姐一样对待这个男人，说不得骂不得，不能娇憨地倚在他的怀里耍性子，全然将自己活成一个男人。感情不是比较谁的爱更多一分，恐怕在绝大部分时间里，沈张二人的感情生活都是不理想的。

从张兆和的表现来看，她的确是不够爱他。她从不爱读他的作品，更是挑剔他信中的错别字。杜甫喜欢做拗诗，沈从文的过人之处就在于文中的野趣。

沈从文一直都是独孤的，向往美和爱并将之神化，与其说他爱张兆和，不如说他爱的是他想象中的张兆和，现实与想象激烈碰撞，造就了他笔下一个又一个栩栩如生的人物形象，《边城》里的翠翠，《长河》里的夭夭，还有《三三》中的三三，一个个的叠词，都有幻想中张兆和的影子，皮肤黑黑的，活泼俏丽，小兽一样充满生命力的女子。他从他的笔下找补现实中兆和缺憾的美，兆和缺乏的热情，正因如此，就有了《边城》里敢爱敢恨的翠翠。

1949 年新中国成立，沈从文毕生追求的美学，相较于大潮流格格不入，当张兆和穿着列宁服，积极向新时代靠拢时，他却停滞不前，拒绝接受变化。他追求了半生的美，不会因为外在而改变，他总是这般固执，顽固地忠于自己的心。没有人理解他，包括他的家人，张兆和对沈从文了解太少，甚至从未想过了解。以前，他还可以遁入创作之中，可那时，他的作品被批评为"桃红色文艺"。

既然不能再为自己写作，不能再用他觉得有意义的方式写作，那他宁愿搁笔。这是一个与世无争的人为自己选择的抗争方式。

他可以被所有人误解，唯独她不行，张兆和的不理解成为压垮他精神的最后一根稻草，他换上了抑郁症，一度住进精神病院，与沈从文形成巨大反差，张兆和当上了《人民文学》的编辑，现实主义和理想主义的落差，追求不同，如何能求其理解？沈从文的儿子回忆说："（当时）我们觉得他的苦闷没道理，整个社会都在欢天喜地迎接一个翻天覆地的变化，而且你生什么病不好，你得个神经病，神经病就是思想问题！"

两个人在一起最重要的，除了交流，还能有什么？

有那么几年，沈从文和家里人分居两室。每天晚上，他到张兆和那里去吃晚饭，然后带回第二天的早饭和午饭去住处吃。那几年的冬天，可能是他生命中最寒冷、最漫长的冬天了吧。就是在那样的环境里，他开始将精力从写作转移到学术上，一个人就着冷饭馒头，埋头进行学术研究。他的家就在咫尺之外，究竟是什么让他不愿意回家？

他是否会想起胡适当年所说的话，"这个女子不能了解你，更不能了解你的爱，你用错情了。"

在他生命最灰暗的时候，他依旧给"她"写信，写给他心中的幻影，他的三三、翠翠、小妈妈。不管她们能不能收到，有时候一个人做一件近乎痴狂的事，只因为爱的太深，既然现实中我不能爱你，我会用我的方式继续坚持，就算被人误会成疯子，那又如何？我从未指望能被人了解。

在这个世界上，所有真性情的人，想法总是与众不同的，沈从文从内心深处，渴望被了解。一个人记得事情太多，不幸；知道太多，不幸；体会到太多，也不幸。不知他落笔写下这段话时，是否有相同的感受？

可这世上，没有那么多的如果……

张允和在《从第一封信到第一封信》里提到了 1969 年，沈从文下放前夕，站在乱糟糟的房间里的一个情景："他从鼓鼓囊囊的口袋中掏出一封皱头皱脑的信，又像哭又像笑对我说：'这是三姐（沈从文称张允和的三妹兆和为三姐）给我的第一封信。'他把信举起来，面色十分羞涩而温柔。接着就吸溜吸溜地哭起来，快七十岁的老头儿像个小孩子哭的又伤心又快乐。"

那一刻，他怀念的不是相伴了数十年的妻子，而是多年前提笔给他回信，又温柔又调皮的那个三三。

火焰爱上冰雪，就注定会熄灭。也许在这段感情里，我们无从评说是谁伤害了谁，一封封泛黄的情书如花绽放，酝酿心声，最初以为爱情只是青春的花朵，却没想他会为此困扰终生。

沈从文去世后，张兆和致力于整理出版他的遗作。

在 1995 年出版的《从文家书》后记里，她说："从文同我相处，这一生，究竟是幸福还是不幸？得不到回答。我不理解他，不完全理解他。后来逐渐有了些理解，但是，真正懂得他的为人，懂得他一生承受的重压，是在整理编选他遗稿的现在。过去不知道的，现在知道了；过去不明白的，现在明白了。"

"太晚了！为什么在他有生之年，不能发掘他，理解他，从各方面去帮助他，反而有那么多的矛盾得不到解决！悔之晚矣。"

她直到后来才逐渐开始了解他，可这个了解，也是在沈从文死去之后，在整理沈从文的文稿时才逐渐发现的。最终，她发现的，也不过是认为沈从文是一个稀有的善良的人。

她不是不爱他，她只是忘了去懂他。等到终于懂得的时候，他已经离她而去。

一切都太晚了，因为错过所以遗憾。

几年后，张兆和因病逝世，死前已认不出沈从文的画像。

这个人也许永远不会回来了，也许明天回来……因为有无尽的思念，才会写出伤感动人的句子；因为有丰富的情感，才会寻找刻骨铭心的爱情；因为有忧伤的一瞥，才会生发朝思暮想的眷恋。行行走走，爱是唯一的理由。

朱湘·刘霓君：
以死作结的爱

　　葬我在荷花池内，耳边有水蚓拖声，在绿荷叶的灯上，萤火虫时暗时明——葬我在马缨花下，永做芬芳的梦——葬我在泰山之巅，风声呜咽过孤松——不然，就烧我成灰，投入泛滥的春江，与落花一同漂去，无人知道的地方。

——朱湘

　　没有人会知道，他为什么会用这种方式，结束自己的生命。

　　很多人知道他，是因为他的《海外寄霓君》，能写出入选民国四大情书的男人，多数人心向往之。翻开厚厚的史料，有一张发黄的照片，照片中的男子白衣长袍，霁月清风，从历史的云霭里走出，是朱湘，追寻纯粹以死作结的男人。

　　朱湘是现代著名的诗人，是新月诗社的杰出代表，他追求新诗音韵格律的整饬，实践诗歌音乐美的主张。理想化的精神主义追求造就了他独一无二的性格特征，有时候，偏执可以成就一个人，也可以害死一个人。

1919 年朱湘入南京工业学校预科学习，偶然间读到《新青年》受到影响，他激烈的思想如种子遇见甘霖恣意地生长，在这标榜为千载的伟大思想解放运动中，每个学子都强烈地想要背负起解放人民大众的责任。朱湘也在这次运动中怀揣着救亡图存的炽热爱国情怀，解放着封建文化带给中国的愚昧。其后不久，朱湘顺利地考入了清华大学，他和杨施恩等人在新文化运动中不俗的表现，在莘莘学子中脱颖而出，获得"清华四子"的美誉。

年仅十八岁的朱湘在《小说月报》《晨报》等刊物发表文章，他加入文学研究会，醉心于诗歌的翻译和创作。十八岁的年纪，却有着与年纪不相等的成熟的性格，这也许是每个诗人命中所注定的吧？没有异于常人的心思，又如何创作玲珑剔透的诗文？

孤傲、偏执、敏感是大多数人对朱湘的评价。梁实秋说朱湘是一个精神错乱的人，因他是朱湘的同学，他的话有绝对的权威性。每当翻看那本《海外寄霓君》，柔柔的文字如碧溪般涓涓流淌，是丈夫对妻子的款款深情，读之使人潸然泪下。人性本是复杂而多样的，在朱湘身上更是充分体现，他待妻子柔情似水，向外界展现的却是冷漠孤傲。

心在执念中顾盼

谈朱湘，就会谈到那本《海外寄霓君》，又不可避免地谈起她——刘霓君。

朱湘三岁那年，母亲因病离开了他；十一岁那年，父亲也离开人世。他是由哥哥养大的，因为彼此年纪相差太大有些隔阂。也许因为这些原因，他的童年大多是在孤独寂寞中度过的，更别谈享有的平凡人家的慈母父爱了。

后来，他便开始写诗来表达自己的心情，渐渐在当地文坛有了些名气。这时，一位女子的出现，搅乱了朱湘平静的读书生活。她便是两年后成了朱湘妻子的刘霓君。

说起刘霓君，其实朱湘一开始并不受情于这个女子，经常借故躲着她，为此还想跑到国外留学躲避结婚。

他俩是由双方家长指腹为婚的，没有任何感情基础可言。受西式教育的他，极力想摆脱这场包办婚姻。父亲去世后，他借故去清华上学，躲过了这次"劫难"。有一年在北京，朱湘的大哥来探望他。兄弟两人就一阵客套地寒暄起来，朱湘突然发现了站在角落里的刘霓君。

她穿着民国年间特有的衣裳，带着女儿家的羞怯，看到朱湘在看她，又大胆地望向朱湘，手里拿着刚刚进北京时买的一份报纸，叙说着她在报纸上读到的朱湘的诗歌，她言语中流露出崇拜和爱意，可她并不知道，她的做法实实在在地惹恼了他，朱湘打断了她的话，看着讷然愣在那里的刘霓君，朱湘口里的绝情话始终没有说出口。朱湘断然离去，只留下旅馆里的刘霓君，独自伤心哭泣。回到学校后的朱湘把摆脱这桩包办婚姻的希望寄托在了赴美留学上。他认为，离家远了，时间长了，刘家便会自行解约。

就在这个时候，清华学堂里贴出了开除朱湘的布告，而此时距赴美留学仅剩半年的时间。他因抵制学校早点名制度长达 27 次，受到这一处分，在当时是轰动一时的新闻。诗人永远是崇尚自由的，却忘了自由本身并不意味着没有约束，可是朱湘一直看不到这点。同窗好友试图为他游说，都被朱湘拒绝，他曾说："清华的生活是非人的，人生是奋斗的，而清华只钻分数；人生是变换的，而清华只有单调；人生是热辣辣的，而清华只有隔靴搔痒。至于清华中最高尚的生活，都逃不脱一个假，矫揉！"

虽然急于跳脱出体制，可他对清华园又充满着无限的留恋，人总是矛盾的，矛盾源于选择，朱湘站在了人生的十字路口。伴随着北京烈烈的寒风，朱湘紧了紧裹在身上的大衣，在 1923 年北京的冬日，他离开了清华园，离开了北京，只身来到上海，将大部分精力倾注在新诗的创作上。

刚到上海不久的朱湘，在大哥的口中得知刘霓君也来到了上海。此刻的朱湘是否会有种躲不掉只得认栽的悲凉感？

还未等朱湘说话，大哥继续告诉他，刘霓君的父亲不久前去世，兄长独占了家产，她只能一个人跑到上海来找工作，希望能养活自己。这番讲述激发了朱湘的同情心，不管婚事成与否，他想去看望一下刘霓君，毕竟他与她也算相识一场，去看一下她是情理之中的事情。

1923 年冬日的一天，朱湘来到刘霓君工作的地方。在外滩西式建筑群的映衬下，这座纱厂显得格外破旧衰败。朱湘穿过由几间旧瓦房构成的厂区，来到了离厂房不远的一排工棚区，这是纱厂的洗衣房。

洁白的纱幔被风吹起，朱湘走近，看着纱幔后女子的身姿，掀起纱幔一看，刘霓君正在这个洗衣房里洗衣。低矮的厂房内烟雾缭绕，看着面前女人发红的双手，初见时的娇羞蜕变成如今的倔强，他的心泛起了酸涩，他不明白这是为什么？他并不是没见过常年在外劳作的女人，为什么只面对刘霓君时他动了恻隐之心？

两人见面，却是长久的沉默。

刘霓君抱着木桶，冷淡地对朱湘说了声："谢谢你来看我。"朱湘却一个劲地摇头，想要和她说话，却又不知应该与她讲些什么，刘霓君看了他良久，慢慢转过身去，低着头走回了洗衣房，消失在白腾腾的雾气里。

每一场生死契阔的爱情都有一个荒诞的开头，我们猜中开头，却难料结局。朱湘在与刘霓君的婚姻问题上动摇了。黄浦江水在夜色里翻腾起波澜，刘霓君看着江边朱湘颀长的背影，朱湘回过身，他告诉她愿意接受这份由旧式婚姻演变而来的爱情，刘霓君难以置信地看着他。

他告诉她，他要与她结婚！

从厌恶到同情，再到爱惜，朱湘感情观念发生了翻天覆地的变化，短暂的时间里彻底爱上她，三天似三年。不算一见钟情，也不算细水长流，或许这就是我们所说的缘分使然吧。

总以为他和她的故事，会有一个童话般的结局，然而这如戏剧般的婚姻，在若干年后因为生活的贫苦而遭受到巨大的冲击。

贫贱夫妻百事哀

结婚后甜蜜的生活，滋养着朱湘那颗从小就缺爱的心，他进入了诗歌创作的高峰期，创作了《答梦》《情感》《雌夜啼》等大量诗歌。不久后又出版了诗集《草莽集》，与闻一多、徐志摩等人一起在《晨报副刊》上创办《诗镌》，并发表诗歌，成为新月派诗歌的代表人物之一。

看起来，他的前途是光明无限的。

第二年，他留学美国的劳伦斯大学，在课堂上，因教授读一篇把中国人比作猴子的文章愤然离开。强烈的自尊给了朱湘敏锐的文思，也给了他万般无奈的枷锁，也许他本无意伤害别人，只想维护自己高贵的尊严不与他人任意践踏，这强烈的自尊支持了他崇高的爱国节操。

随后朱湘转入芝加哥大学。

然而好景不长，1929 年春，朱湘又因教授怀疑他借书未还，加之一外籍女性不愿与其同桌而再次愤然离去。心里持有执念丝毫不能容忍任何人对他大不敬。在外漂泊的凄凉，使他更加强烈地维护着个人的尊严和祖国的尊严，他喻外国为"死牢"，无时无刻不思念远在千里的妻子和祖国。在这期间，朱湘给妻子刘霓君写了100 多封情意绵绵的书信，寄托自己的异国相思之苦，这便成了后来的《海外寄霓君》。

"你以后写信，千万不要忘记写日子，阳历就一直写阳历。我好知道你的信是哪天写的，多少天到美国。我在此念书，等两年以后，再看考博士不考。我希望我的身体好，我们彼此相思不要多于过度，那便能在外国多住一年半或两年考博士。

我前两天又做了一个梦同你相会，梦中我们同说了一番话缠绵悱恻，后来哭醒了……你前一封信内说你害了病，幸亏就好了。这都是你太劳碌了，所以害病。我求你千万不要再多劳了罢。每月我希望你至少有三封信给我，里面你可以说你自己怎样，做些什么事，你同他们两个的生活琐事我听来也颇有情趣，你说我的信很可爱，这是因为你是一个可爱的人，所以我写给你的信也跟着可爱了。霓妹我的爱人，我希望这四年快点过去，我好回家抱你进怀，说一声："妹妹，我爱你！我永远爱你！'"

一封封饱含深意的情书，长久不曾退去的温度，纵使隔千山万水，又怎断得了思念？海水尚有涯，相思渺无畔，从此你在哪里，我的心就跟去哪里。

在海外留学的朱湘并没有如期取得学位，据说是因为经济拮据。也有人说，赴美留学，朱湘对诗的钟情，为了诗更是全无顾恋。他曾说："博士学位任何人经过努力都可拿到，但诗非朱湘不能写。"那朱湘连学位也不屑一顾，毅然决然提前回国的传言，倒更是令人信服了。

1929年9月，朱湘踏上前往中国的轮渡，提前三年回国，被荐到安徽大学任英文系主任，月薪三百元。在那个年代三百元的月薪并不是个小数目。按说，也荣华富贵了，也被重用了，该心满意足了，该安于现状了，然而朱湘却又因校方把英文文学系改为英文学系而再三地愤然离去。并且大骂："教师出卖智力，小工出卖力气，妓女出卖肉体，其实都是一回事：出卖自己！"这说法尽管专横，但对于当时之现实，并不过分。

他的自尊意识，他的反抗精神，在维护国家和自己的尊严上，表现得愈加淋漓尽致和崇高！因此，他的背离，使他主动诀别了那个时代，而并非时代抛弃了他。可以说，站着，是一个堂堂正正的人；躺下，是一具堂堂正正的尸体！这，就是给朱湘人格下的最恰当的评价。

这时候，朱湘与刘霓君生下了两人的第三个孩子，取名再沅。由于失业，一家人的生活陷入了困境。

长期的贫苦和营养不良，朱湘的小儿子不久便夭折了，刘霓君面对儿子的尸体，泪水恣意了她的双眼，她近乎疯狂地指责朱湘无能，她不能理解他为之追求的一切，诗么？如果贫贱到连饭都吃不上，还有什么资格谈论诗？

朱湘开始辗转漂泊于北平、上海、长沙等地，由于性情孤傲，得罪了不少人，谋职四处碰壁，只能依靠写诗卖文为生，到最后，连诗稿发表都越来越困难。到了1933年的冬天，朱湘穷困到只剩一堆书籍和自己亲手写下的诗稿。

刘霓君看着朱湘整日守着书稿无事可做，便托朋友为朱湘找了一份工厂的工作，朱湘却满口拒绝。刘霓君与朱湘的关系降至冰点。也许，此时的朱湘只剩下绝望，他不能从妻子那里得到谅解，也不能从世上任何一个人那里得到理解，没有人懂他，此刻的朱湘像是一个迷失方向的轮船，没有灯塔的指引，一个人航行在世俗的大海里，渐渐被巨浪吞噬。

天堂和地狱没有我选择的权利，至少我还有选择死亡的权利……

在一个冬日的凌晨，当轮船即将驶入南京时，江面一如往日般沉静，一个身影从轮渡上一跃而下，瞬间淹没在冰冷刺骨的江水中……

据说，这个名叫朱湘的年轻人，在最后的时刻，一边饮酒，一边吟诗。随身携带的两本书，一本是海涅的诗集，另一本是他自己的诗作。

几乎无人知道诗人自杀的真正原因。

梁实秋猜测是因性格怪僻，闻一多则感叹"谁知道他若继续活着只比死去更痛苦呢？"不管怎样，这个被鲁迅誉为"中国济慈"的诗人，死前早已没了才子的风貌，只剩下流浪者的潦倒。

或许他是渴望通过写诗救赎自己的，只可惜他终究没能逃脱执念，以死作结。

不久后，得知丈夫死讯的刘霓君遁入空门……

徐志摩·陆小曼：
爱是一件生死攸关的事

"这过的是什么日子！我这心上压得多重呀！眉，我的眉，怎么好呢？刹那间有千百件事在方寸间起伏，是忧，是虑，是瞻前，是顾后，这笔上哪能写出？眉，我怕，我真怕世界与我们是不能并立的，不是我们把他们打毁成全我们的话，就是他们打毁我们，逼迫我们的死。眉，我悲极了，我胸口隐隐的生痛，我双眼盈盈的热泪，我就要你，我此时要你，我偏不能有你，喔，这难受——恋爱是痛苦的，是的眉，再也没有疑义。眉，我恨不得立刻与你死去，因为只有死可以给我们想望的清静，相互的永远占有。眉，我来献全盘的爱给你，一团火热的真情，整个儿给你，我也盼望你也一样拿整个，完全的爱还我。"

——徐志摩

世界上没有纯粹到只属于两个人的爱情，唯独不缺追寻纯粹的人，有的人宁愿爱上一个幻影，有的人追寻纯粹不惜求死，徐志摩似乎并不属于这二者之列，他的人生更加复杂，也更难以捉摸。什么是爱？什么又是纯粹？如果爱是一件生死攸关的事，那么肯为爱而死的男人之中，定有徐志摩一人。

有很多关于陆小曼的描述，写着她有令人艳羡的瓜子脸，镌刻的目，如墨的眉。举手投足间，一颦一厣都别具风情。

徐志摩更是用诗文描绘她顾盼生辉的眼睛："一双眼睛也在说话，晴光里漾起心泉的秘密。"不像梁启超和徐志摩的父亲徐申如，胡适一直很喜欢陆小曼，他说："陆小曼是一道不可不看的风景。"

容颜会随着时间的流逝凋零，气质却随着时间的留长酿出浓郁的香，徐志摩眼中的眉（徐志摩在与陆小曼恋爱时爱称她为"眉"）不仅仅是美人，更是才情与美貌全全的女子。

陆家有女初长成

1903 年农历九月十九日，这一天传说是观音菩萨的诞生日，陆小曼呱呱坠地，她白嫩可人，家里人都称她是"小观音"，希望她的降生，能为陆家带来好运。

陆小曼的父亲陆定是晚清举人，早年去往日本，在早稻田大学求学，是日本名相伊藤博文的得意弟子。在日本留学期间，陆定参加了同盟会，后来又到民国政府财政部任职，是中华储蓄银行的主要创办人。陆小曼的母亲吴曼华也是名门之后，可以想象陆小曼生长在这样的家庭中，她日后名列民国四大才女之位，也就不足为奇了。陆小曼的父母一心想把女儿培养成名媛，因此，一直让她接受新式的教育。她在上海时上的是幼稚园，6岁时到了北京，已到入学年龄的陆小曼，进入北京女子师范大学附属小学接受新式教育，陆小曼9岁时升入北京女中读书，要知道在那样一个战火动荡的年代，读书本身就是富人的消费，而女子能够受到中学教育的更是少之又少。

陆小曼在北京女中一直读到14岁。

成立于1912年的北京女中当时所开设的课程，有国文、日文、英文、数学、物理、化学、体操、生物、劳动、图画、音乐、修身、历史、地理、国术，就现代教育体制而言，当时女子中学的教育已是非常开放和丰富。

陆小曼15岁时，被父亲送到法国人开办的圣心学堂。这是一所贵族学校，也是当时中国的名媛学堂，当时北京军政界部长的千金小姐们，许多都在圣心学堂读书。陆定还专门为女儿请了一位英国女教师，教授英文。陆小曼天资聪慧，十六七岁通英、法两国语言，还弹得一手好钢琴，又精于油画。集千万优点于一身的她，在学校中被冠上一个"皇后"的封号。凤凰非梧桐不栖，一个偶然却注定的机会，她来到了外交部街，当时北洋政府外交部所在地。在这里从事翻译工作的三年，她完成了从女学生到社会名媛的转变。

18 岁时，陆小曼逐渐名闻北京社交界。

陆小曼的多才多艺、热情大方、彬彬有礼，她明艳的笑容、轻盈的体态和柔美的声音，令无数人倾倒。顾维钧（当时的外交部外交总长）十分欣赏陆小曼，有一次，他当着陆定的面对一个朋友说："陆建三的面孔，一点也不聪明，可是他女儿陆小曼小姐却那样漂亮、聪明。"

不尽如意的绅士配淑女

门当户对的理念，中国自古有之，这样的嫁娶状态，在深受儒家思想的影响下更变成亘古不变的"真理"。陆小曼和王庚的婚姻就是在这种思想下促成的。这般盲婚盲嫁，为何受了新式教育的陆小曼会欣然应允？

1922 年，19 岁的陆小曼，到了谈婚论嫁的年龄，陆家夫妇千挑万选，终于为她选定如意郎君——王庚。就现在眼光来讲，王庚的条件也是蛮诱人的。他少年得志，毕业于清华大学，又赴美国留学，在西点军校攻读军事，与美国名将艾森豪威尔是同学。

难怪陆小曼母亲看到王庚这样的英俊少年，就毫不犹豫地将陆小曼许配给他，从订婚到结婚不到一个月的时间，用现在的话来说简直就是"闪婚"。

    这桩婚姻在当时的上流社会是典型的绅士配淑女的婚姻。虽然王庚少年得志，却是个穷小子，婚礼的一切费用都由陆家负责，婚礼是在当时的"海军联欢社"举行的。

    这场婚礼的豪华程度绝不亚于威廉王子迎娶凯特王妃，据说陆小曼的女傧相就有 9 位之多，有曹汝霖的女儿、章宗祥的女儿、叶恭绰的女儿、赵椿年的女儿，还有数位英国小姐。

    陆小曼就这样风风光光地嫁给了王庚为妻。

    再华丽的婚礼也有落幕的一刻，新婚甜蜜的喜悦过后，两个不甚了解的人，仅仅相处了半年，就出现了婚姻危机。

    王庚是军人，他的爱更多是无言的。在你睡着时默不作声地为你披上一件外衣，在背后无声无息地做着爱你的事，可就当时的陆小曼而言，却是不能理解的，她更爱玫瑰与诗歌，这恰恰也是王庚给不了的。有姑娘喜欢王庚这般的男人，认为他有安全感，可是这样的安全感在陆小曼的眼里根本微不足道，她是千金小姐，锦衣玉食惯了，若说真缺些什么，那就是轰轰烈烈的爱情与冒险主义了。

    有很多人指责陆小曼与徐志摩，说徐志摩不义恋上朋友的妻子，言陆小曼不守妇道与丈夫的朋友厮混。有的时候，我们只是在错误的时间遇上了对的人，是无奈更是不幸。若陆小曼在未嫁之前遇见的是志摩，徐志摩在未娶之前遇见的是小曼，质疑声会不会消退？答案是肯定的。即便那人不是徐志摩，陆小曼也会爱上别人，而那个人也绝不会是王庚。

风与叶子缠绵，承诺要带着叶子去看外面的世界。叶子犹豫不决，征求树的意见，树说："你若不离，我便不弃。"终有一天，叶子被风打动，于是选择随风漂泊。

树问叶子："你为什么要离开？"叶子开心地说："因为我想看看外面的世界。"事实上，树太爱叶子，为了满足叶子的愿望，它没有挽留；风问叶子："你为什么要跟我走？"叶子欣喜地说："因为你给了我幻想，并能满足我。"

在这场婚姻的博弈中，王庚选择了放手。

1925 年 9 月王庚与陆小曼离婚，此后终生未再娶。他爱陆小曼，爱到愿意用一生去忘记一个人。

爱你，是一生的旅途

1926 年 10 月 3 日（农历七月初七日），是传说中牛郎和织女相会的日子。这天在北京的北海公园举行了一场兼具娱乐性和轰动效应的婚礼，这场婚礼牵动了当时中国文化界所有的大腕。

新郎是诗人徐志摩，新娘是民国四大才女之一的陆小曼，证婚人是梁启超，主持是胡适，而参加者，都是在中国近代史上响当当的人物。

他终于如愿以偿地娶到了他挚爱的陆小曼，看着身边娇羞的妻子，他总算可以拥她入怀，堂堂正正地叫她一声"眉"。可是，在他眼中的堂堂正正，在他的老师梁启超眼里却是这般的不容正道。在婚礼上，梁启超对他说："徐志摩，你这个人性情浮躁，以至学无所成，做学问不成做人更是失败，你离婚再娶就是用情不专的证明！陆小曼，你和徐志摩都是过来人，我希望从今以后你能恪遵妇道，检讨自己的个性和行为，离婚再婚都是你们性格的过失所造成的，希望你们不要一错再错自误误人……总之，我希望这是你们两个人这一辈子最后一次结婚！这就是我对你们的祝贺！我说完了！"

这一番话让在场的新人尴尬难当，当爱情遇上婚姻，就不再是两个人的事了，当我们追逐繁星时，不要忘了脚下依旧沾满泥土。结婚后的陆小曼不得不接受面见公婆的事实。

1926 年农历九月九日，新婚后的陆小曼依公公之命随徐志摩离开北京南下，回到徐的家乡海宁硖石。

在徐志摩给张慰慈的信中写到："上海一住就住了一月有余，直到前一星期，咱们俩才正式回家，热闹得很哪。陆小曼简直是重做新娘，比在北京做的花样多得多，单说磕头就不下百次，新房里那闹更不用提。乡下人看新娘子那还了得，呆呆的几十双眼，十个八个钟头都会看过去，看得陆小曼那窘相，你们见了一定好笑死。闹是闹，闹过了可是静，真静，这两天屋子里连掉一个针的声音都听出来了。我父在上海，家里就只有妈，每天九点前后起身，整天就管吃，晚上八点就往床上钻，曼直嚷冷，做老爷的有什么法子，除了乖乖地偎着她，直偎到她身上一团火，老爷身上倒结了冰，你说这是乐呀还是苦？咱们的屋倒还过得去，现在就等炉子生上了火就完全了。"

这封信上满满是儿子带妻子见公婆的喜悦，可古板严肃的徐申如，哪里会真正喜欢上带着娇气耍着大小姐脾气的陆小曼？

没过多久，徐申如终于做出了令陆小曼难以接受的决定。因为看不惯陆小曼的做派，他先期到了上海，几天后就要妻子到上海与他会合，随后启程赴北京到张幼仪那去了。这全然是公公婆婆弃家投奔儿子前妻的戏码，却真真实实地发生在陆小曼与徐志摩身上。不知道是水土不服还是心中郁气难消，不久后，陆小曼染上了肺病。

没有了二老的严格监督，陆小曼在生活上反倒感觉轻松，她不用再受这样那样的拘束，也算是因祸得福吧！她和徐志摩在硖石这座别具一格的老宅中种草弄花，过着一种"草香人远，一流清涧"的超然生活。

可惜，好景不长。

1926 年 5 月，北伐战争开始。

1926 年 10 月 16 日，浙江省省长夏超宣告独立。

1927 年 2 月，北伐军东路军发起江浙战争。3 月 19 日占领杭州，然后沿沪杭线北上追击孙传芳的军队。

随着战事的临近，徐志摩和陆小曼不得不中断了这一段新婚燕尔如世外桃源的生活，被迫移居上海。上海歌舞升平、纸醉金迷的生活，再次激发了陆小曼渗透在骨子里的富家千金的做派，她爱钱、喜欢打牌、过的奢靡、迷恋吸食鸦片。用徐志摩的话来讲，陆小曼婚后全没了当初恋爱时的激情，似乎不再是一个有灵性的女人，而这样的陆小曼对他而言简直是陌生的。

她每天过午才起床，下午作画、写信、会客，晚上多半是跳舞、打牌、听戏。他常常婉转地劝告陆小曼，但她一意孤行，任凭徐志摩如何的努力，也换不回她分毫。

他曾写信给林徽因诉苦，写给这个他曾经深爱过，如今却嫁作他人妻的女人。不知道，那刻提笔给林徽因写信的徐志摩心中会不会再起波澜？

陆小曼曾对郁达夫之妻王映霞诉说："照理讲，婚后生活应过得比过去甜蜜而幸福，实则不然，结婚成了爱情的坟墓。徐志摩是浪漫主义诗人，他所憧憬的爱，最好处于可望而不可即的境地，是一种虚无缥缈的爱。一旦与心爱的女友结了婚，幻想泯灭了，热情没有了，生活便变成白开水，淡而无味。"作为妻子，陆小曼是了解徐志摩的，他这一生都在为了留住纯粹而斗争。而不愿意爱上幻影的后果，就是眼睁睁看着曾经留在记忆里的美好，化为乌有。

徐申如对陆小曼极度不满，因此在经济上与徐志摩夫妇一刀两断。徐志摩不得不同时在光华大学、东吴大学、上海法学院、南京中央大学，以至北平北京大学等多处兼课，课余还得赶写诗文，以赚取稿费。即便如此陆小曼仍不懂得节俭克制。

1930 年秋，陆小曼过了她 29 岁的生日，徐志摩索性辞去了上海和南京的职务，应胡适之邀，任北京大学教授，兼北京女子师范大学教授。徐志摩自己北上的同时，也极力要求陆小曼随他北上，幻想着两个人到北京去开辟一个新的天地。可陆小曼执意不肯离开上海。徐志摩落寞黯然的眼眸里映着陆小曼放在桌子上的烟袋，他知道她又去吸了。再看了她一眼后，徐志摩只身北上。

时间过得也快，1931 年徐母过世，陆小曼急急地赶到海宁硖石，这是她第三次到海宁。徐申如却不让陆小曼进家门，她只得呆在硖石的一家旅馆里，当天就回到上海。而张幼仪却以干女儿的名义参加了徐母的葬礼。这件事情对陆小曼的打击相当大，她认为自己在徐家没有一点地位，反不及与徐志摩已离婚的张幼仪。

徐志摩当即给陆小曼写信，表达了自己的愤怒和无奈："我家欺你，即是欺我。这是事实，我不能护我的爱妻，且不能保护自己。我也懊溃得无话可说，再加不公道的来源，即是自己的父亲，我那晚顶撞了几句，他便到灵前去放声大哭。"一个称职的丈夫，在妻子和父母之间，应该充当一个外交家的身份，懂得斡旋，知晓分寸。

在这点上，徐志摩做得并不够好，倒是陆小曼更懂得如何收敛和取巧。

这算是矛盾的导火线吧，1931 年 11 月上旬，经济拮据的陆小曼难以维持在上海的排场，连续打电报催促徐志摩南返。11 月 11 日，徐志摩搭乘张学良的专机飞抵南京，于 13 日回到上海家中。不料，夫妇俩一见面就吵架。据郁达夫回忆："当时陆小曼听不进劝，大发脾气，随手把烟枪往徐志摩脸上掷去，徐志摩连忙躲开，幸未击中，金丝眼镜掉在地上，玻璃碎了。"徐志摩一怒之下，负气出走。

1931 年 11 月 18 日，徐志摩乘早车到南京，住在何竞武家。徐志摩本来打算乘张学良的福特式飞机回北京，临行前，张学良通知他因事改期。徐志摩为了赶上林徽因那天晚上在北京协和小礼堂向外宾作的关于中国古代建筑的讲演，于是在 19 日迫不及待地搭乘了一架邮政机飞往北京。

如果陆小曼能稍多体谅徐志摩一点，他也许不会这么着急地赶去另一个女人的身边。一个男人在一个女人那里受到伤害，便去另一个女人那里抚平伤口，更何况那个女人还是先于陆小曼认识徐志摩的林徽因。

登机之前，徐志摩给陆小曼发了一封短信，信上说："徐州有大雾，头痛不想走了，准备返沪。"但最终他还是走了。因大雾影响，飞机于中午 12 时半在济南党家村附近触山爆炸。当时的《新闻报》报道："该机于上午十时十分飞抵徐州，十时二十分继续北行，是时天气甚佳。想不到该机飞抵济南五十里党家村附近，忽遇漫天大雾，进退俱属不能，致触山顶倾覆，机身着火，机油四溢，遂熊熊，不能遏止。飞机师王贯一、梁壁堂及乘客徐志摩，遂同时遇难。死者三人皆三十六，亦奇事也。"机上连徐志摩共三人，无一生还。

那一年，陆小曼 29 岁。

当噩耗传来，陆小曼定是真的后悔了。那个为了她，不惜两地奔波的男人，走了；那个为了她，动笔写下无数封感人情书的男人，走了；那个陪着她登台唱戏的男人，走了。当她想去珍惜，想去爱护时，一切真是太晚太晚了……

任她如何的哭摩，那个曾经明艳的男人，如今却再也回不来了。

在 1936 年的上海文坛曾发生了一件大事，在二十世纪新诗坛祭酒徐志摩诞生四十周年和罹难五周年，徐志摩未亡人陆小曼为了纪念爱人志摩，出版了她整理编选的《爱眉小扎》，把她和徐志摩之间那刻骨铭心的倾城之恋，完完整整地公之于世，为二十世纪中国文学史增添了一部唯真唯美的散文佳作。

戴望舒·施绛年：
结着愁怨的雨巷姑娘

撑着油纸伞，独自
彷徨在悠长，悠长
又寂寥的雨巷，
我希望逢着
一个丁香一样的
结着愁怨的姑娘。
她是有
丁香一样的颜色，
丁香一样的芬芳，
丁香一样的忧愁，
在雨中哀怨，
哀怨又彷徨；
她彷徨在这寂寥的雨巷，
撑着油纸伞
像我一样，
像我一样地
默默彳亍着，

冷漠、凄清，又惆怅。
她静默地走近
走近，又投出
太息一般的眼光，
她飘过
像梦一般的，
像梦一般的凄婉迷茫。
像梦中飘过
一枝丁香的，
我身旁飘过这女郎；
她静默地远了，远了，
到了颓圮的篱墙，
走尽这雨巷。
在雨的哀曲里，
消了她的颜色，
散了她的芬芳
消散了，甚至她的
太息般的眼光，
丁香般的惆怅。
撑着油纸伞，独自
彷徨在悠长，悠长
又寂寥的雨巷，

我希望飘过
一个丁香一样的
结着愁怨的姑娘。

——戴望舒

戴望舒写过许多诗歌，其中有一首是《雨巷》。写的是在南方潮湿的雨巷里遇见一个结着丁香般仇怨的姑娘，这位姑娘慢慢地消散在雨巷的尽头，去到了一个诗人寻不到的地方。

多年后，诗里的姑娘才浮于世人眼前，是戴望舒的初恋——施绛年。原来诗中那淡淡的仇怨，结着的是他那份爱而不得的伤感。

零落一身的秋

提到戴望舒，总会想到徐志摩，这两人的经历实在太过相似，生在同一个地方，同是中国著名的浪漫诗人，生命似烟花，绚烂而短暂，都有一位求而不得的女子。相较于陆小曼，徐志摩的最爱是林徽因；戴望舒也一样，穆丽娟更像是影子，杨静又是一个只可富贵不可患难的女人，施绛年才是她心中纯粹的爱恋。有人说在男人的一生中，最爱的女人是他的初恋，戴望舒偏偏就是这样的男人。

1905 年 3 月 5 日的浙江杭州，大塔儿巷 36 号传来婴儿的哭声，这个婴儿就是有着"雨巷诗人"称号的戴望舒，几十年后，他的声音划破了中国现代派象征主义的天际。和马海德一样，一开始戴望舒也不叫戴望舒，他有多个名字：戴承、戴朝安等，不知何故改名为戴望舒。

望舒一词最早出自屈原的《离骚》："前望舒使先驱兮，后飞廉使奔属。"意思是说屈原上天入地、漫游求索，坐着龙马拉的车子，前面由月神望舒开路，后面由风神飞廉做跟班。望舒就是神话传说中替月亮驾车的天神，美丽温柔，纯洁幽雅。若说钱钟书年少时的文学素养，和钱基博有莫大的关系，戴望舒对于文学的启蒙，则不得不提到他的母亲——卓佩芝。戴望舒的父亲戴立诚是北戴河火车站一名普通的职员，而卓佩芝却出身于书香门第，从小就给戴望舒讲《水浒》《西游记》《封神演义》等古典文学名著和《天仙配》《梁祝》《宝莲灯》等民间故事，还给他整段整段地吟唱家乡戏文、打谜语和歇后语。

这些宝贵的传统文化知识，催生了戴望舒文学创作的兴趣与激情。年少的戴望舒也和钱钟书一样记忆力惊人，这大概是民国文豪们与生俱来的本领。

1912 年，戴望舒随家迁回杭州，开始了他的小学生涯。六年之后，十四岁的他入读宗文中学。

戴望舒的照片流传颇广，照片上的他戴着圆框的金丝眼镜，一身白色的西服，儒雅的模样放到现代，加之又会写诗，活脱脱就是秒杀众路粉丝的男神。这样的戴望舒，施绛年居然会放着不爱，而爱上别人，有些匪夷所思了。

少年时期的戴望舒曾不幸感染天花，毁坏了他俊逸的面容，脸上落下坑洼的瘢痕，这些瘢痕在照片上并不明显，近看还是可以看到的，因为这一生理缺陷，少年时期的戴望舒经常被讥讽和嘲笑，他总是默默地忍受着。别的同学还处于玩乐的年纪，而他已经立志于写作事业，悄无声息地想证明自己比他们优秀。

1922 年，十七岁的戴望舒联同张天翼、杜衡与已经读大学的施蛰存创立"兰社"，开始了文学创作之路。第二年秋，戴望舒考上了民国元老于右任、邵力子等人创办的上海大学，随后转入震旦大学（复旦大学前身）。

他充分发挥自己的文学、诗歌才能，在时代思潮的影响下，与好朋友施蛰存、杜衡一起加入共青团。说起他的笔名，倒还有一个故事不得不提：戴望舒在大学的时候，曾写过一篇叫《回忆》的散文，记述他童年时期在北戴河与青梅竹马的妹妹在海滩上玩耍，妹妹在拾贝壳时被海浪卷走，他气得晕过去。后来，他天天在海滨徘徊，再也没看到妹妹的身影，一群沙鸥从他头上飞过，他以为妹妹化为了鸥鸟，便给自己取名叫戴梦鸥、梦鸥生。

戴望舒一直是浪漫的人，耐不住寂寞，总是想追逐新的事物、接受新的思想。他第一次到北京，结识了一批新兴文学青年，如姚蓬子、沈从文、胡也频、冯至、丁玲、冯雪峰等人，后来这些人都成了他的好朋友。

1925 年 6 月 4 日，戴望舒参加上海的五卅运动，由于上海大学被封，不想耽误学习的他，进入法国教会举办的震旦大学特别班学习法文，在法国神甫的影响下他开始接触雨果、拉马丁、缪塞等浪漫派代表经典作品，外国文学的启蒙大概就从那时候开始了。他喜欢果尔蒙、耶麦等后期象征派作品，戴望舒最早的译诗，就是将雨果的《良心》译成中文，是这首诗开启了他的文学翻译生涯。

"丁香姑娘" 施绛年

戴望舒之所以认识施绛年，与她的哥哥施蛰存有关系。施蛰存是《现代》杂志的主编，也是戴望舒少年时的好友。起初戴望舒的诗并不被人看好，是施蛰存在《现代》杂志上力推戴望舒，并高度评价他的诗，这使得戴望舒在诗坛与"新月派"诗人平分秋色。

1927 年，戴望舒回到杭州，国民党浙江省党部扩大反共，杭州城内风声鹤唳、草木皆兵，为安全考虑，他又转到松江县施蛰存家中暂避。在施家小住的这段时间里，他见到了施蛰存的妹妹施绛年。

在爱情开始之前，都有一段朦胧期，他当她是小妹，从未多想。不过自古郎情妾意不都是从哥哥妹妹开始的么，哪怕宝哥哥和林妹妹也不能免俗，更何况这个浪漫至极的诗人。而施绛年也未曾想过，戴望舒有一天会对自己用情如此之深。

情爱之事，总在悄无声息中萌发，似春雨润物无声。当戴望舒察觉时，他已经爱上了这个小自己 5 岁的少女。他为她茶饭不思、辗转反侧。诗人的感情世界比常人更为丰富，他们敏感、他们多虑，易捕捉细微的感思。戴望舒面对眼前这个丁香般诗意的姑娘，她的明艳，她的动人，他也只能在她身后默默关注，对于她的情意，更是羞于开口，他害怕被拒绝，更害怕遭到拒绝之后的尴尬，可内心的狂热如火般灼烧他的心，燃点着他的爱。

诗人和常人相比总是占优势的，他们更善于将心里说不出口的话，化成美丽的诗文篇章，这样，诗人往往更有魅力，所表达出的爱往往更见诗意。经受不住单恋折磨的戴望舒，终于动笔为施绛年写下了一首名为《我的恋人》的诗歌："我将对你说我的恋人，我的恋人是一个羞涩的人，她是羞涩的，有着桃色的脸，桃色的嘴唇，和一颗天青色的心。她有黑色的大眼睛，那不敢凝看我的黑色的大眼睛，不是不敢，那是因为她是羞涩的，而当我依在她胸头的时候，你可以说她的眼睛是变换了颜色，天青的颜色，她的心的颜色。她有纤纤的手，它会在我烦忧的时候安抚我，她有清朗而爱娇的声音，那是只向我说着温柔的，温柔到销熔了我的心的话的。她是一个静娴的少女，她知道如何爱一个爱她的人，但是我永远不能对你说她的名字，因为她是一个羞涩的恋人。"

聪颖的施绛年一眼看透了戴望舒的心思，她却绝口不言这份情谊，她对戴望舒更多的是敬爱，并不是少女恋爱的情怀。许是戴望舒的热忱惊吓到她了，和张兆和一样，她也采取冷漠消极的态度，希望戴望舒知难而退，却又碍于哥哥施蛰存的情面，她还会帮戴望舒抄抄稿子，陪他散散步，有时也会允许他拥抱一下，或轻吻一下面庞。

施绛年很会把握分寸，这使得戴望舒很苦恼。施绛年犹疑着不去拒绝，戴望舒就觉得有一线希望，他高傲的心不甘失败并愈战愈勇。他在自编出版的第一部诗集《我的记忆》的扉页上，印着Ａ Jeanne（给绛年）几个法文，并用拉丁文题上了古罗马诗人Ａ·提布卢斯的诗句：

Ie Spectem Suprema mihi Cum Veneril hari

Ie teneam mor iens deziciente manu

（愿我在最后的时间将来的时候看见你，愿我在垂死的时候用我的虚弱的手把握着你。）

他用一种近乎虔诚的姿态，向世人公开了他对施绛年的暗恋，他不要再做一个胆小者，他要让全天下都知道，他爱上了施绛年。

女孩们对初恋都抱有不切合实际的幻想，想象自己被王子恋上，与他携手睥睨众生；又或是与英雄热恋，与他大漠狼烟策马飞驰。戴望舒本应是个浪漫的被幻想的对象，可他脸上的瘢痕始终让她难以接受。戴望舒知道，自己是一个可怜的单恋者，他可以给自己无数个理由离开她，可她一笑，他就怯了——他始终走不出对她的感情。他在《残花的泪》中这样说道："你会把我孤凉地抛下，独自蹁跹地飞去，又飞到别枝春花上，依依地将她恋住。"

在《回了心儿吧》中他这样写道："回来啊，来一抚我伤痕"，"爱一些些！我把无主的灵魂付你；这是我无上的愿望和最大的希冀。"单恋是最折磨人的，将他那颗鲜活的心折磨得奄奄一息。

有时候，爱若成为信仰，往往就和对方本身没什么关系了。

或许一开始，戴望舒爱上的是施绛年，在追逐的过程中，慢慢爱上若即若离的影子，只是他没发觉，他追寻爱慕的女人，早已不再是真实的那个她。有一种人，为了追寻所爱愿意等待，他们辗转不得寐，受着相思的煎熬，可潜意识里却极其享受，这种感觉有点像狩猎，长时间的等待换来一瞬间的伺机而动，若是很快就能得到倾心对象的回应，往往对他（她）的兴趣也就随之而消减了。

正是施绛年的若即若离，才会令戴望舒如此着迷。反观戴望舒的第一任妻子穆丽娟，与他结婚后，戴望舒完全沉浸在对施绛年求而不得的心魔中，直到穆丽娟与之离婚，他才想起身边少了一个人，又陷入对前妻的爱慕之中，周而复始，一生只为了追寻而生，从来看不见近在身侧的幸福。

陆小曼曾经说徐志摩所憧憬的爱，最好处于可望而不可即的境地，一种虚无缥缈的爱。一旦与心爱的女友结了婚，幻想泯灭了，热情没有了，生活便变成白开水，淡而无味。

得不到的，往往就是最好的。到了最后，他对施绛年的执念，已到了深入骨髓的地步，戴望舒找到了她，与她最后摊牌，求施绛年接受他的感情，不然他活着也没什么意义了。施绛年觉得戴望舒跟她闹着玩，不会真的寻死，就拒绝了戴望舒的请求，没想到戴望舒竟然真跳楼寻死。

看着他爬上高楼，一副大义凛然的模样，施绛年还是心软了，就算是权宜之计吧，她总不能眼睁睁看着他跳下去，她勉强答应了戴望舒的请求，戴望舒兴奋地将施绛年拥入怀中。此刻的施绛年是抱着怎样的心情答应下来的？她并不爱他，又如何能跟他携手一生，共赏春秋胜景呢？

戴望舒没有丝毫怠慢，第一时间通知了杭州的父母让他们赶来上海，向施的父母提亲。施绛年的父母看到戴望舒的麻脸，起初并不同意这桩婚事，多亏了施蛰存的苦心劝解，父母才勉强答应。之后戴望舒在发表的《村姑》《野宴》《二月》《小病》《款步》等诗作中，都洋溢着他求爱成功的喜悦。

恋爱，啃着你苦味的根

1927 年夏天，戴望舒写成了《雨巷》，据戴望舒的长女戴咏素说："我表姐认为，施绛年是'丁香姑娘'的原型。施绛年虽然比不上我妈以及爸爸的第二任太太杨静美貌，但是她的个子很高，与我爸爸一米八几的大高个很相配，气质与《雨巷》里那个幽怨的女孩相似。"

戴望舒为施绛年尽显才气，他脍炙人口的诗词都跟这个女子有关，这一点连徐志摩都不能及。

在春夏交替的时节，戴望舒与施绛年举行了声势浩大的订婚仪式。他牵着她的手，走过了花型的大门，看着身边美丽的姑娘，至少她在名义上属于了他。

诗人的身上，总是带着流浪和漂泊的不确定性，对此施绛年有着自己的担心，她不想未来贫困潦倒，所以面对戴望舒一而再再而三的结婚请求，她向他提出了结婚条件，他必须出国留学取得学位回来有稳定的收入后，她才愿意考虑结婚。

再美好的爱情没有面包作为支撑，也是妄谈，施绛年考虑的没错，如果一个男人连养家糊口的本事都没有，那拿什么和心爱的女子结婚？

虽然戴望舒在心里并不想接受这样的条件。无奈他只有这一条路可走，想和施绛年结婚就必须欣然接受，这也可以理解成施绛年的一个缓兵之计，她对戴望舒的爱本就不坚定。订婚，于施绛年而言不过一个形式。

再三考量下，戴望舒还是选择踏上了"达特安"号邮船离沪赴法留学。为了兑现承诺，为了自己心爱的姑娘，也为了自己这份弥足珍贵的爱情，他开始了旅法的漫漫求学路。

戴望舒一个人来到陌生的异国，时常苦闷和孤独。他不仅要学外语、读功课，还要打理生活，为了赚钱贴补，闲暇时还要为人翻译书籍。

在给叶灵凤的信中戴望舒这样形容他在国外的生活："我在这里一点空也没有，要读书，同时为了生活的关系，又不得不译书，而不幸又生了半个月的病。"我总觉得在极度自卑心理下的戴望舒和朱湘很像，在国外的时间都是痛苦而无奈的，用他自己的话说就是："我记得我怎样在巴黎的旅舍中，伏在一张小小的书案上，勤恳地翻译它，把塞纳河边的每天散步也搁下来了。"留法后他的诗作很少，我一直认为国外的土地酝酿不出中国的诗人，盘桓在华夏大地的灵魂并不能在国外得到滋养。

忙碌的国外生活，并没有让他忘记施绛年，反而更加思念她。他在西去的航船上为她写着炽烈的情书；在旅途中给她买礼物；到法国后又一再写信给她，恨不能将自己在异国他乡所有的愁绪都讲与她听。他在信中经常提及后悔远去法国的决定，他总想早点回到施绛年的身边，更期盼着施绛年去法国寻他。

对于戴望舒，身为挚友的施蛰存可谓是操碎了心，他写信叫戴望舒要克服困难坚持学习，还劝他不要让绛年去法国："你还要绛年来法，我劝你还不可存此想，因为无论如何，两人的生活总比一人的费一些，而你一人的生活我也尚且为你担心呢。况且她一来，你决不能多写东西，这里也是一个危机。"

戴望舒在巴黎的费用，也是施蛰存寄去的，施蛰存有时将自己在《现代》任职的全部工资都寄给他，还常给他带去药品，叫他注意身体。施蛰存对戴望舒的关心远远超出了朋友之谊，在法国的那段时间，如果没有施蛰存，就没有戴望舒。

一个人在国外的日子本就难熬，施绛年不在身边的那段时间，他睹信思人，每个难熬的夜，他只有枕着她的信笺才得以安稳入眠。

久而久之，施绛年给他的信越来越少，即便信来了也是不冷不热的相似话，毫无感情色彩。在诗人的世界里，文字反衬着人心，透过信件戴望舒触摸到她没有温度的冰凉的心，对于恋人的变心，还处于恋爱状态的人最能洞察。

施绛年的变心并不令人意外，爱得不深，人走茶凉也是难免，一段以同情开始的爱情，最终的走向只能是分离。所以当施绛年邂逅她真心对待的男子时，迅速地坠入了爱情的长河，而当初因同情施舍给戴望舒的那一点爱，早已消磨殆尽，不复存在。

没错，施绛年移情别恋了。

在与戴望舒分别之后，她与一个冰箱推销员相恋。大多数人觉得施绛年的脑子坏掉了，放着一位为她不远万里留学的诗人不爱，而爱上一个销售员？这一点也不像以物质为恋爱基础的施绛年的作风。

其实不然，在民国冰箱还是稀罕物，冰箱推销员也是个时髦的行业，发展前景光明，施绛年与冰箱推销员在一起，极大程度上地满足了她少女的虚荣心。当然这一切施蛰存是知道的，但是他又怎敢告诉远在大洋彼岸的戴望舒呢？

虽然施家人守口如瓶，消息却传得很快，不久戴望舒就在国外听闻了，他更没心思读书了。虽然他在国外没有拿到任何学位，倒是翻译了很多书。

1935 年 4 月，他在西班牙旅游期间，因参加西班牙进步群众反法西斯示威游行被中法大学开除，加之施绛年的传闻，他下决心回国。上车时，只有罗大冈一人为他送行，学校没有给他途中的零用钱，只有火车票一张。

忍受了三年相思之苦的戴望舒回到了上海，他回国后立马找到施绛年，当得知传闻的这一切都是真的时，被欺骗的怒气难以压抑，他当着施家父母的面，打了施绛年一巴掌。他不明白，为什么他毫无保留地爱着的人，为何会这般残忍地践踏他的真心？他主动结束了和施绛年长达八年的恋爱。

有时候，爱一个人并不会有结果。更有时，苦苦追寻常常伴随着令人心痛的擦肩而过。并不是谁不够爱谁，只是爱情这个奇妙的东西从来不会被谁捉摸透。

第二章
只愿君心似我心

溯洄从之，道阻且长。追寻你的影子，

你的一颦一笑，你快速的步伐，

都是此生最有情趣的事情，

在追逐与被追逐过程中，

你不知我也不自知。等到绿肥红瘦，

偏偏我只喜欢你，偏偏我只想拥有你。

相约白头，回眸慨唱浮生，若是错了，

只因没有遇见对的人。

丁玲·胡也频：
甜蜜地亲吻你的信

雷电已过去，只下着小雨，夜是更深了。灯也亮了，人也倦了，明天再谈吧，祝我的爱好好的睡！我真的是多么甜蜜而又微笑地吻了你来信好几下呢！1点差10分，你爱的曼珈。

——丁玲

罗曼蒂克，又被称为浪漫，辞典上写着它的解释：富有诗意、充满幻想，罗曼蒂克的精髓在于，视被爱对方为宝贵知己，而自己又难以拥有对方。

什么算是罗曼蒂克的恋爱？纪伯伦和玛丽？答案似乎很多。不过有这样一个人，在20世纪的延安，这样谈及她的罗曼蒂克恋爱，她说她有了一个"伟大的罗曼史"。

破茧而出的文艺女青年

提及丁玲总会想到文学，她是作家，她写的《太阳照在桑干河上》曾获得斯大林文学奖；提及她也会想起她的爱情故事。有人说，文学、政治、爱情是丁玲一生的三大主题。然而在生命的最后时刻，让丁玲牵挂的唯有爱情。

1904 年，丁玲生于湖南临澧县一个没落的封建望族家庭。丁玲四岁时，情况更是糟糕，父亲因病去世，母亲被迫带着丁玲和弟弟回到娘家。母亲领着两个孩子刚刚迈进门槛，在门前玩土的小男孩便跑了出来，和丁玲耍在了一团。那个小男孩正是丁玲舅舅的儿子，外婆见他俩玩得开，感情格外亲厚，于是给他们定了娃娃亲。

封建时代的嫁娶绝大多数是青梅竹马式的，青梅竹马的爱情固然美好，可大人总把小孩子之间的亲昵当成爱情。两人在年幼时期遇见，青梅竹马匆匆几年，便定了一生。

五四运动爆发时，丁玲正在女子师范念书，在大时代的感召下，自由和解放的精神深深融入了她的灵魂，她是新时代的女性，怎么可以背着旧时代的婚约？她在这一刻决定，她要解除婚约，做一个真正的新时代自由的女性。

　　除了新时代解放思想这一原因外，还有一个人，在丁玲解除婚约这件事上起到推波助澜的作用，可以说没有这个人，丁玲不可能这么决然的解除婚约。这个人叫王剑虹，也是瞿秋白未来的妻子。她是丁玲的好友，在丁玲踌躇之际，给她带来了上海五四运动的一些情况，丁玲想了想，最终决定放弃师范中学文凭与王剑虹一同奔赴上海。

　　18 岁的丁玲踏出了家门，解除了与表哥的婚约，毅然决然地奔赴上海。

　　1923 年秋天，王剑虹和丁玲考入上海大学中国文学系，丁玲正式踏上通往文学的道路，她和王剑虹住在青云路青云里一幢两层楼的小亭子间里。在上海大学念书期间，她们认识了瞿秋白——中国共产党早期杰出领导人之一。他受组织安排，被派到上海创办上海大学，担任上海大学教务长兼社会学系主任。

　　瞿秋白也是丁玲和王剑虹最崇拜的老师。看过瞿秋白的照片的人，都认为这就是民国儒雅文人的代表。当时瞿秋白在社会学系讲哲学，常常光顾丁玲和王剑虹的亭子间。后来丁玲回忆说："他（瞿）几乎每天下课都来我们这里。于是，我们的小亭子间热闹极了。他谈话的面很宽，他讲希腊、罗马，讲文艺复兴，也讲唐宋元明。他不但讲死人，而且也讲活人。他不是对小孩讲故事，对学生讲书，而是把我们当作同游者，一同游历上下古今，东南西北……我那时

对这些人、事、文章以及文学研究会和创造社的争论，是没有发言
权的。我只是一个小学生，非常有趣地听着。这是我对于文学上的
什么浪漫主义、自然主义、写实主义以及为人生、为艺术等所上的
第一课。"

　　就像萧红的指路明灯是鲁迅一样，最早发现丁玲文学天赋的人，
正是瞿秋白。不像萧红在见鲁迅之前已有作品问世，那时的丁玲甚
至连一篇像样的作品也没有发表过，充其量是一个文学爱好者、一
个中文系的学生。不知道瞿秋白是如何看到她身上璞玉的痕迹，大
概仅仅是那条文如其人、人如其文的不变准则吧。

　　果然在 1927 年 12 月，署名"丁玲"的小说《梦珂》发表，
占据在《小说月报》头版位置上。

　　1928 年 2 月，《小说月报》又发表了丁玲的作品《莎菲女士
的日记》。此后不到半年间，丁玲又有了《暑假中》和《阿毛姑娘》，
皆在《小说月报》以头版位置刊载。这些小说后来又很快结集为《在
黑暗中》作品集。连续在当时最负盛名的文学杂志上发表，并很快
出版，一时间"丁玲"这个名字蜚声文坛。

　　五四运动时期是一个女作家出现的高峰，但到了 1928 年，这
些女作家却格外沉寂。冰心处在沉默期，石评梅已经去世，庐隐的
创作出现了停滞，凌叔华搁笔不写，冯沅君去做了学者，属于五四
运动时期的女作家几近流散。

如此境况下丁玲的出现，无疑是给五四运动时期的女作家们打了一剂强心针。这个女作家比五四运动时期的女作家都更为大胆，带点忧郁，带点轻狂，单枪匹马闯进了文坛。有人评价丁玲的文章："好似在这死寂的文坛上抛下一颗炸弹一样，大家都不免为她的天才所震惊了。"

相较于丁玲的横空出世，她的好友王剑虹相对沉寂，不过她却意外获得了与瞿秋白的爱情，上演了又一出老师与学生相恋的浪漫故事。1924 年 1 月，在丁玲的撮合下，瞿秋白和王剑虹喜结良缘。遗憾的是，结婚仅 7 个月，王剑虹就因患肺结核去世。十一年后，瞿秋白在福建长汀县慷慨就义。

一个新"弟弟"胡也频

1924 年对丁玲来讲不是一个好年头，这一年与她共赴上海大学的好友王剑虹逝世了，不久之后她又收到家里的来信，信上告知家中的弟弟也因为病重不治，离开了人世。

这一切来得太过突然，1924 年的暑假让丁玲心痛难忍，她不得不终止了在上大的学习，来到了北平继续读书。也许换一个环境，心就不会那么痛了。年轻的丁玲极力地摆脱亲友去世带来的悲痛，她流连在各种社交场合，靠灯红酒绿来麻痹精神上的痛苦，只是没有想到，她会在这种场合意外收获一个"弟弟"，而她更没有想过，会和这个小一岁的"弟弟"展开一段刻骨的爱恋。

在一个社交场合，丁玲的蓦然出现，宛若一只高贵的蝴蝶，打动了青年编辑胡也频的心，她优雅的气质、过人的才气深深地吸引着他。两人畅聊正欢，胡也频发现丁玲眉间若隐若现的忧伤，此时的丁玲正在为弟弟的夭折和命运的艰辛而踟蹰痛苦，她向胡也频倾诉了内心的苦闷。当胡也频得知丁玲失弟之痛后，就用纸盒装满玫瑰，写下字条："你一个新的弟弟所献"。

此刻的丁玲并没有对胡也频动心，正如她所言，她来到北平，是为了排解好友和亲弟病逝的苦楚，内心又常萌发何去何从的无奈之感。心绪极不稳定的丁玲很难爱上比自己年纪还小的胡也频。美国人曾做过调查，在同龄的男女性中，女性的心理年龄要比男性大两至三岁，照此推论丁玲和胡也频的心理差距为四到六岁，彼时的胡也频并不能引导丁玲走出心灵的困境，年少的胡也频在丁玲身边只能充当一个倾听者。

窘迫的丁玲写信给鲁迅，讲述了自己的境遇和困惑，希望能得到文坛前辈的开导。但当时，鲁迅与现代评论派论战正酣，误认为这是对方用化名在捣鬼，就没有复信。丁玲的困惑得不到解答，失去了留在北平的勇气，又恰逢王剑虹的父亲准备回湖南，询问丁玲是否愿意回老家。丁玲环顾宏大的北平城，这时的北平已进入了冬季，寒风彻骨，冰冷的找不到一丝温暖，再三思虑下，她决心离开，返回到湖南老家。

这件事情，她没有告诉胡也频。

然而世上没有不透风的墙，施绛年与他人恋爱的消息都能远传到国外的戴望舒耳中，胡也频能知道丁玲离开的讯息也就不足为奇了。丁玲走后不久，胡也频向朋友借钱追到湖南，当他风尘仆仆地出现在丁玲面前时，丁玲被深深感动了，爱情之门豁然开启。也许这就是"姐弟恋"的魅力所在吧，这样的男生，总能做出一些惊世骇俗的事情，也许，这就是人们常说的浪漫。

当年的实际情形，无外乎伤情的才女落魄归家，与母亲坐谈树下，忽闻门外有人轻扣，不想一开门，却是那个几面之缘的人栉风沐雨立在跟前儿，满眼的担忧与关心，那一刻恰好风裹着沙吹过，门里的人不小心就红了眼。

胡也频那个时候身无分文，所以黄包车的车钱还是丁玲的母亲替他付的。他的单纯、执着与热情感动了丁玲，丁玲接受了他的爱，在湖南的常德，两人度过了甜蜜的初恋时光。

湖南相较于北平、上海消息相对闭塞，丁玲考虑再三决定和胡也频回到北平。其实丁玲和胡也频的这段恋爱，也引来不少的非议，好强的丁玲不愿受人抢白，相识仅一年的两人选择了携手，1925年胡也频与丁玲在香山结婚。

两个人的爱情故事，容不下第三个人，一颗心也无法塞进其他多余的人。但在丁玲和胡也频之间，还是出现了那个本不该出现的人——冯雪峰。

1928 年年底，胡也频与丁玲同赴上海，经潘汉年介绍开始从事左联工作，两人住在上海如今的安福路。他们与沈从文一起创办了红黑出版社，编辑出版文艺期刊《红黑》。但好景不长，红黑出版社不久就倒闭了。

为了还债，胡也频离开上海到山东省立高中教书。在胡也频走的当晚，丁玲就给胡也频写信，第二天又写。"爱！我要努力，我有力量努力，不是为了钱，不是为了名，即使约微补偿我们分离的苦绪也不是，是为了使我爱的希望不要失去，是为的我爱的欢乐啊！过去的，糟蹋了我的成绩太惭愧，然而从明天起我必须遵照我爱的意思去生活。而且我是希望爱要天天来信勉励我，因为我是靠着这而生存的。"

一个多月后，丁玲难耐相思的煎熬也来到了济南。虽然丁玲在上海并不富裕和前卫，但她依然给济南带来了震动。她和胡也频自由的革命式爱情和丁玲时尚的衣着打扮都让省立高中泛起了波澜。那时正在山东省立高中读书的国学大师季羡林事后回忆："丁玲的衣着非常讲究，大概代表了上海最新式的服装。相对而言，济南还是相当闭塞淳朴的。丁玲的出现，宛如飞来的一只金凤凰，在我们那些没有见过世面的青年学生眼中，她浑身闪光，辉耀四方。济南的马路坑坑洼洼，胡先生个子比丁玲稍矮，而穿了非常高的高跟鞋的丁玲步履维艰，有时要扶着胡先生才能迈步，学生们看了觉得有趣，就窃窃私语说，胡先生成了丁玲的手杖，我们其实不但毫无恶意，而且是充满了敬意的。我们心中真觉得胡先生是一个好丈夫，因此对他更增加了崇敬之感，对丁玲我们同样也是尊敬的。"

你终将离我而去，我的初恋

在民国除了花前月下、风花雪月的情爱，还有一种被看作是红色绝恋。

你终将离我而去，我再也寻不到你的踪迹，我的初恋——也频。

由于胡也频在济南的激烈言论和行为，引起了国民党的不满，1930 年 5 月，国民党当局下令通缉胡也频等人，胡也频和丁玲被迫离开济南回到上海。也就在这个革命的五月，胡也频与丁玲一道，加入了两个月前刚刚成立的"左翼作家联盟"。

1930 年 11 月，胡也频加入中国共产党，并继冯雪峰之后任"左联"党团书记。在他的带领下，"左联"由最初的五十多人发展到后来的三百多人，并在北平、广州、日本东京都成立了分支机构。

在胡也频入党后，丁玲为他生下一个男孩，取名胡小频。一家人其乐融融地度过了彼此的第一个元旦，只是没想到，这唯一的一次元旦，竟成了最后一次。1931 年 1 月 17 日胡也频像往常一般，跟丁玲讲他要出席一个全国工农兵代表大会预备会议，丁玲抱着胡小频，在门口目送胡也频离去，只是她没有想到，胡也频这一别，再也没有回来。

1931 年 1 月 17 日上午，胡也频在上海租界内的"东方旅社"出席会议。下午 1 点 40 分，因叛徒告密在旅社的三十一号房间被公共租界巡捕房逮捕。

今天位于上海市昆山路昆山花园七号——一幢三层带部分四层的连接式红砖洋房，在四层最西侧的那套房间依稀还能见当年胡也频与丁玲的寓所。而那一天的晚上，丁玲就是在这个住处，苦等着丈夫胡也频的归来。后来丁玲在 1950 年写的《一个真实人的一生——记胡也频》中这样写道："……也频却是一个坚定的人。他还不了解革命的时候，他就诅咒人生，讴歌爱情，但当他一接触革命思想的时候，他就毫不怀疑，勤勤恳恳去了解那些他从来也没有听到过的理论。他先读那些马克思主义的文艺理论，后来也涉及一些社会科学书籍。"

1931 年 1 月 18 日，等待了一晚的丁玲觉得事有不妙，立刻出门四处寻找丈夫，丁玲回到家以后，帮助寻找胡也频的沈从文也来了。沈从文神色凝重站在那里，丁玲疑惑地走了过去，就看见了沈从文带来一张用铅笔写的发黄的纸，她看到上面字迹身子不住地歪了一下，眼泪倾泻而出。胡也频被捕了。

经过地下党员的不懈努力，最终证实胡也频等人已经被国民党当局从公共租界引渡到位于龙华的国民党淞沪警备司令部。这是当时国民党政府在上海设立的最高军警机构，主要关押的就是共产党员。丁玲明白，胡也频被转移到这里，营救的希望变得更加渺茫了。

沈从文是在胡也频被捕的第二天晚上，才得到胡也频托人带来的信，叫他请胡适、蔡元培设法取保。沈从文将消息告诉丁玲后，便同她一道找到了中共元老李达夫妇，经商量，请胡适、徐志摩写信给蔡元培，设法让当局放人。接着，沈从文独自跑到南京，找邵力子想办法。邵力子写信给上海市市长张群，请求斡旋。后来沈从文又陪同丁玲赶赴南京求助于中统头子陈立夫，沈从文从陈立夫那里得到了回答，如果胡也频不是共产党，愿意住在南京，可以想想办法。这句话实际上就是说只有胡也频投降才能保住性命。

丁玲知道胡也频是不会投降的。很难想象，此时的丁玲会有多么的绝望，没有什么样的痛苦大过无能为力，眼睁睁地看着心爱的男人，被判死刑。

1931 年 2 月 7 日晚，胡也频与"左联"盟员柔石、殷夫、冯铿，和没有正式加入"左联"的李伟森五位左翼青年作家与其他二十四人被秘密杀害于国民党上海龙华淞沪警备司令部后院的龙华塔下，就地掩埋。人称"左联五烈士"。

于我而言，你的信仰便是我的，虽然你离开了我，我也要带着你的那份信念一同活着，一同见证胜利的那天。1932年，28岁的丁玲加入中国共产党。

闻一多·高孝贞:
红豆似的相思,一粒粒坠进生命的瓷坛里

红豆似的相思啊!一粒粒的坠进生命底磁坛里了……这般凄楚,这般清切!

——闻一多

红豆此物,最是相思。古时文人寄情于红豆的比比皆是。萧统于顾山种下红豆树守护他与慧娘的丝丝缕缕回忆。温庭筠埋头挥笔写下:"玲珑骰子安红豆,入骨相思知不知"。《红楼梦》中宝哥哥也低吟浅唱着"滴不尽的相思血泪抛红豆,忘不了新愁与旧愁"。

在民国时期,讲究新文化的知识分子也多愿以红豆为意象讴歌伟大的爱情。闻一多,就在写下《红豆》诗组,向爱妻高孝贞表达思念之情。

并不如意的包办婚姻

闻一多有多爱高孝贞，读他的诗歌情书便可知。闻一多最初并不喜欢这位夫人，也并不看好这段婚姻。和朱安与鲁迅一样，闻一多的这门亲事，也是自小定下的。

1912 年，十四岁的闻一多刚考上清华大学，父母就为他定下了娃娃亲。她的名叫高孝贞，出生在一个官宦之家，比闻一多小四岁，也是他青梅竹马的表妹。

闻一多考上清华大学后，高孝贞的父亲主动来到闻家，提出要将女儿嫁给闻一多。闻父闻母并未多想，也未询问两人是否愿意，就应下了这门亲事，这也不能怪闻家二老轻率，那个年代只要门当户对，便是天作之合，亲上加亲，更是天大的好事。

"同是天涯沦落人"的朱湘曾想用出国留学的办法，逃避与刘霓君的婚约，只可惜还未走成，便被清华开除。而闻一多还在赴美留学的前期，就被一封家书叫回了老家。1922 年初，闻一多接到父亲催他回家结婚的信，阅信后他做着强烈的思想斗争，与鲁迅在一开始就作了为革命奉献一生，并直言自己"娶谁都一样"不同。闻一多对爱情是向往的，他曾说："只有男女间恋爱的情感，是最热烈的情感，所以是最高最真的情感。"但面对无爱的婚姻，他又怎会心甘情愿地接受？他认为盲婚哑嫁是不能得到幸福的！

可是，他忘记了，有一种爱情叫作"先婚后爱"，不同于其他多情的文豪诗人，闻一多的恋爱就这么稀里糊涂地开始了。

一开始闻一多和鲁迅一样面对父母的安排，无法驳斥，他是个孝顺的孩子，左思右想后还是回到了家乡。看着父母期许的眼神，还是同意了与高孝贞的婚事，那个时候他还不爱高孝贞，但毕竟有从小一起长大的情分，即便不欢喜，倒也不至于厌恶。

他向父亲提出了几点要求：一是结婚时不向长辈行跪拜礼；二是不拜祖宗；三是婚后让高孝贞入学读书。虽然闻父认为儿子的这三点要求不合规矩，但儿子能应下这门亲事，实属万幸，他也就答应了儿子的要求。

倒也巧，闻一多提出的条件竟和鲁迅答应安姑的婚事大同小异，不过高孝贞是真的入了学堂学习，这也为两人爱情的滋生埋下了种子，两人如志不同道不合，又如何相濡以沫？

结婚那天，闻一多像个局外人，依旧钻进书房看书，家里人四处找寻不见，以为闻一多悔婚，没想到他却伏在书案上看书，闻母上前劝说无果后，生拉硬拽才给他理了发，洗了澡，换了喜服，只是一转眼他又不见了。

此刻外面鼓乐齐鸣，鞭炮震天，迎新的花轿已抬着新娘来了，却到处找不到新郎，不曾想他又钻到书房去看书了。众人连说带劝，连拉带扯地好不容易才把他拥到前厅举行了婚礼。闻一多的这种态度，是对父母包办婚姻的一种无可奈何的消极抵抗。

连结婚仪式都这么不情不愿，婚后的生活可想而知，拜完天地后闻一多就搬去了书房，成天埋进书堆，居然完成了一篇两万余字的论文《律诗的研究》。想来此刻高孝贞的心情也不好受，受旧时代纲常伦理影响的女性，都有温婉淑德的好品行，也多亏了这样的性格，不然如果高孝贞的性子烈些，当夜就去闻一多处理论，只怕在民国便少了一对佳偶，多了一纸离婚的诉状。

婚事结束后，闻一多从老家回到清华，他并没有从结婚这一令人郁闷的事件中缓过来，1922 年 5 月 7 日他写信给弟弟家骃，痛说自己的不幸："大家庭之外，我现在又将有了一个小家庭。我一想起，我便为之切齿发指！我不肯结婚，逼迫我结婚，不肯养子，逼迫我养子……宋诗人林和靖以梅为妻，以鹤为子，我将以诗为妻，以画为子……家庭是一把铁链，捆着我的手，捆着我的脚，捆着我的喉咙，还捆着我的脑筋；我不把他摆脱了，撞碎了，我将永远没有自由，永远没有生命！……我知道环境已迫得我发狂了，我这一生完了。我只做一个颠颠倒倒的疯诗人罢了！世界还有什么留恋的？活一天算一天罢了！……"

信中流淌的全是对生活的厌弃和婚姻失败的决绝，闻一多以林逋自喻，诉说他的无奈，也许林逋是一个爱而不得的人，宁愿娶梅为妻，才不负她倾世的高洁。只是林逋梅妻鹤子至死，而闻一多，没过多久便爱上了自己的妻子高孝贞。

爱上包办婚姻的妻

和鲁迅的妻子安姑不同，闻父闻母是真的送高孝贞去了武昌女子职业学校读书，如果没有这次的入学学习，也许高孝贞和普通的民国女子并无区别，不会得到诗人丈夫的爱。

1922 年 7 月，闻一多出国到美国芝加哥美术学院攻读美术，在美国依旧关心妻子的学习情况，写家信时经常询问和叮嘱，从精神上鼓励妻子要有志气，努力成为一个有学问、有本事的人。在一封家信中，他举美国著名女诗人海德夫人的重大成就为例，说明"女人并不是不能造大学问、有大本事，我们美术学院的教员多半是女人。女人并不弱似男人。外国女人是这样，中国女人何尝不是这样呢？"

有了丈夫的鼓励，高孝贞也争气，在学校接受新知识新思想，高孝贞自身就是封建礼教压榨的对象，她充分认识到丈夫要她上学的原因，也明白了丈夫顶着多大的压力，让她有这样一个脱胎换骨的机会。学成归来的高孝贞从一个生活伴侣逐渐成为了闻一多事业上的有力支持者，有了共同的志向，爱情也就悄然而至了。

青梅竹马的恋爱，是我最纯洁的时候，遇见了最纯洁的你，这样的感情往往是很难遗忘的，要是两人还志同道合，那结成伉俪更是情理之中的事。高孝贞感恩闻一多外出求学，在见惯了外面的世界和接受了新的思想后，也没有放弃自己，为她和父母据理力争，争取到了她上学的机会……

想必是美国这个被誉为自由和爱情的国度让闻一多也变得浪漫起来了，在美国的时候闻一多就写下了著名的组诗《红豆》献给自己妻子高孝贞，"相思着了火，有泪雨洒着，还烧得好一点；最难禁的，是突如其来，赶不及哭的干相思……"

如此，两人算是正式的恋爱了，虽然晚了些，也隔着八九个小时的时差，想念却从大洋彼岸传到了高孝贞的手中，这份来之不易的爱情，是两个人都没放弃，才有了下一刻，携手一生的机会。

1925 年 6 月闻一多回国后到北平国立艺专任教，1926 年 1 月闻一多就把高孝贞和女儿立瑛接来北平，闻一多主外，高孝贞主内，家务之余夫妻俩读读唐诗，逗逗女儿。闻一多常在周六晚上带上全家去礼堂看电影，春秋日全家人去逛颐和园、游北海、故宫和动物园，家中充满了欢声笑语，一点儿都看不出当初闻一多当年拒婚的样子，如此温馨幸福，两人把日子过成了首诗。

而这样的日子，只过了五年……

从爱侣到同志的升华

1937 年 7 月 7 日，卢沟桥事变震惊中外，日寇发动大规模侵华战争，和身处在战乱之中的亿万国人一样，闻一多和家人也处在颠沛流离中。

当时，高孝贞则与两个大儿子随家驷回湖北探望久别的母亲，一家人开始了分隔两地的生活。战火燃烧之处哀鸿遍野，高孝贞心急如焚担心闻一多的安危，一封接一封地加急电报，催丈夫带孩子们回武汉。

闻一多在北平也焦急万分，走还是不走？要走，平汉路已不通，只能辗转走别的路线，兵荒马乱，路途艰难，恐又多生变故；如果不走，一旦北平沦于日寇之手，后果不堪设想。他想起了高孝贞，他最放心不下的妻，拿起笔来连续三日给她写信，他告诉她，他不怕了，就算死也要死在她的身边。信发出后不久，闻一多毅然决然带着三个孩子和保姆赵妈，经津浦路匆匆回到武昌。

历经磨难劫后余生的两人终于重逢，高孝贞喜极而泣地扑入闻一多的怀中，多少个日夜的担心，心心念念的这个人终于回来了，生在战乱与通信不便的民国，总要忍受长久的等待，还好到最后我还是等到了你，而你也没有食言，平平安安地回来了。

没过多久闻一多接到清华校长梅贻琦的信后，决定到长沙任教。

而此时的清华和北大、南开都迁至长沙，共同组成长沙临时大学。临时大学仅两个多月，战局急剧恶化，三校又奉命远迁昆明，组成西南联合大学（西南联大）。

闻一多利用寒假从长沙返回浠水老家，途经武昌时，老友顾毓琇来访，邀请闻一多参加正在组建的战时教育问题研究委员会。目睹国民政府在日寇入侵时的不作为，闻一多对国民政府灰了心，他认为老朋友的这次邀请是引他做官，他并不想参与其中，断然谢绝了顾毓琇。

回到浠水后闻一多说起这件事，引起了高孝贞的不满，她希望丈夫能接受这项工作，可以在汉口留下来一起照顾家庭，不要两头跑。高孝贞的希望并不是毫无道理，万一日本鬼子打来，她一个人带着五个孩子如何跑的出去？她恳求闻一多接受这项工作，并不是为了虚荣，而是为了整个家庭啊！而闻一多却横下一条心，他不会接受这项工作，更不会放弃联大。

高孝贞越想越生气，闷着头流眼泪，饭也不吃，话也不说，甚至闻一多启程回长沙那天夜里，也不与闻一多告别。闻一多走后，高孝贞竟然一个月也不给他写信。

在旅途中，闻一多想到妻子气成这样，心中也酸涩难忍。途经武汉时，又急着赶车，他匆匆写了封便函，请妻子原谅。后来到联大后，又多次写信给高孝贞，叮嘱她和孩子们。这一次高孝贞是动了真气，就是不回信，自己不写，也不让孩子写，这可是对闻一多最严厉、最残酷的惩罚，作为诗人的他感情本就丰富，又处在战乱时期，多时收不到家中的消息，他又不能回去确认，不知家中发生什么情况，心中难免焦虑牵挂。

一封封书信寄去，就是不见回信寄来，闻一多在信中责问高孝贞"何以此次狠心至此！"等不来妻子的回信，闻一多无奈又提笔写了一封长信，向妻子解释："这里清华、北大、南开三个学校的教职员，不下数百人，谁不抛开妻子跟着学校跑？你或者怪了我没有就汉口的事，但是我一生不愿做官，也实在不是做官的人，你不应该勉强一个人做他不愿做也不能做的事。我不知道这封信写给你，有用没有。如果你真是不能回心转意，我又有什么办法？儿女们又小，他们不懂，我有苦向谁说去？"

在信的结尾，他言自己就要随学校到昆明，"如果你马上就发信到昆明，那样我一到昆明，就可以看到你的信。不然，你就当我已经死了，以后也永远不必写信来"。

高孝贞本来是心疼丈夫，不忍让他两头跑，如今闻一多来信跟她解释，又以自己的性命要挟，她又如何不心软？马上磨墨蘸笔写信，不仅自己动笔写，也让孩子们写，五六封信一起寄到昆明。而此时的闻一多正和联大师生两百多人，跋涉在前去云南的路上，穿过湘、黔、滇三省，行程三千三百四十二里，其中步行两千六百多里，终于在 4 月 28 日抵达昆明。

在到达昆明的当天，闻一多就看到妻子和孩子的信，兴奋得不得了，马上回信给高孝贞报告此次来云南的经过，对于高孝贞信中的担心，闻一多立马回复说："我的身体实在不坏，经过了这次锻炼以后，自然更好了。现在是满面红光，能吃有睡，走起路来，健步如飞。"

由于闻一多的才学和声望，他在当时昆明的爱国民主运动中起着重大的作用，为了支持丈夫闻一多，高孝贞从老家来到云南昆明。那时昆明没有公共汽车，私人没有电话，通知开会或为文件征集签名，都要靠跑腿。有时闻一多跑不过来，高孝贞就来分担，挨家挨户跑遍了同志们的家。

当时整个昆明都笼罩在国民党的白色恐怖之下，一次闻一多对暂住闻家的学生彭兰、张世英夫妇说："一个人要善于培植感情，无论是夫妇、兄弟、朋友、子女，经过曲折的人生培养出来的感情，才是永远回味无穷的。"他夸赞另一位学生季镇淮不弃糟糠之妻，说："只有对感情忠实的人，才能尝到感情的滋味，他未来的家庭一定比较幸福。"也许他应该庆幸当初没有因为包办婚姻的偏见，厌弃他的妻子，虽然这话是对他学生讲的，每一句恰恰言中他的婚姻与爱情。

他说这话时，是在 1946 年 7 月 5 日，距离他殉难仅剩下十天的日子。

7月11日，西南联大最后一批北上师生的车队离开昆明，就在当天晚上，反动派暗杀了著名的爱国民主人士，也是闻一多的战友李公朴。昆明又被誉为春城，春城的夏季是寂静的，枪声划过空气，在漆黑的夜空下发出悲鸣，联大学生深夜将噩耗告诉闻一多，闻一多全然不顾自己正发着高烧，赶紧起身要去医院。高孝贞拉住闻一多的手，讲明在天黑有行动不妥，若再出事局势岂不更加危机！

闻一多辗转反侧一夜未眠，天未大亮便赶到医院，而李公朴已经身亡。闻一多怔愣地看着躺在停尸房里的战友，抚尸痛哭，摩挲着李公朴毫无血色的面颊，大声喊着："公朴没有死！公朴没有死！这仇一定要报的！"

李公朴死后不久，有人传来消息，李公朴已死而黑名单里的第二名就是闻一多！高孝贞担心到了极点，含着眼泪劝说闻一多不要再往外跑了。可闻一多作为中国现代伟大的爱国主义者，坚定的民主主义战士，他又怎会因为危险而停滞不前？闻一多告诉高孝贞："事已至此，我不出则诸事停顿，何以对死者。"高孝贞逼退了眼泪，毅然地选择站在丈夫的身边，无论他做什么样的决定，她都会支持，她只求他一切小心。

7月15日上午，在云南大学至公堂举行的李公朴殉难经过报告会上，闻一多拍案而起，发表了气壮山河的演讲，痛斥特务罪行。

而就在那天的下午，闻一多在自家的大门外被特务暗杀。

　　高孝贞刚送闻一多出门，门外突然出现枪响，手里的抹布伴着枪声落下，她奔出大门，她看着他一点点的倒下，她跑了过去抱住他，她的围裙上沾满他的鲜血，她想哭，心痛得不能自己，闻一多朝她笑笑，一如昔年那个站在门口保护她的表哥。孝贞，别哭，别怕，无论我去往何方，我都在你的身边。

　　闻一多在高孝贞的怀里没了气息，她像一尊雕塑抱着闻一多的遗体一动不动，她想去陪他，他那么不懂得照顾自己，身边少了她，他又该怎么办？那年燕子呢喃，你不是说好为我簪花弄鬓，再不分离么，为什么现在的你静静地躺在这儿，一语不言了呢？

　　一多，我与你共赴黄泉可好？泪一点一滴地顺着她的脸颊流下，冰冷的泪清醒了她纷乱的心，霎时间她又醒过来，不，我要活下去，我要活下去！孩子们需要我，一多的仇一定要报！

　　从这一刻起，高孝贞继承了闻一多的遗志，完成了伴侣到同志的转变，1948 年 3 月，高孝贞带着孩子奔向解放区，用自己的力量为中华民族的解放和复兴奉献了一生。

卞之琳·张充和：
你是我眼里唯一的风景

你站在桥上看风景，
看风景的人在楼上看你。
明月装饰了你的窗子，
你装饰了别人的梦。

——卞之琳

古有《蒹葭苍苍》中"溯洄从之，道阻且长，溯游从之，宛在水中央"的追求所爱而不及的惆怅与苦闷，今有《断章》里隐隐不可说的独自感伤的相思。对心上人求而不得的感伤，从古至今都是一样，每个人都有求而不得，伤身彷徨的时候，每段情并不意味付出就会回报，你爱她，而她却心有他属……

民国的最后一位才女

想来也巧，这本书中，很多故事都提及了"张氏四姐妹"，她们的故事唯美而忧伤，又带着淡淡的书香味道，让人欲罢不能。大姐婉约、二姐端淑、三妹沉郁，而四妹最为特殊，爱自由和独立又有一点小任性。她们每一个在民国都是拔尖的才女，而其中有一位被誉为"民国的最后一位才女"，她就是张家四兰中的四妹——张充和。

其实张充和令人称道的不仅仅是文学，她的昆曲底蕴也是一流。充和与昆曲的缘分要从她的身世说起。充和出生于上海，八个月大时过继给叔祖母识修居士，此后直到十六岁祖母识修去世，期间一直在合肥生活。

充和的祖母很早就孀居，她是李鸿章的侄女，富有学识，笃信佛教，仁厚慈悲。充和自幼被祖母爱若珍宝，除了言传身教，在她六岁时祖母便重金聘请名师为她授课。她受益最深的来自于考古学家朱谟钦，朱先生为她讲授传统典籍，为她打下了扎实的古典文学基础。

张允和从小就在"庭院深深深几许"的张家老宅中念书习文，人迹罕至的藏书阁楼下，藏书楼里家具和古本书籍间的狭小空间都是她一人"进修"的宝地。

十年的私塾生活，朝八晚五的作息时间，每十天仅休息半天，只有重大节日例外，想想也觉得无聊了，不过相对于其他的孩子，充和天生就是读书的料，别的孩子犯困打盹儿时，她却在寂静的环境中，孜孜不倦地读着《论语》《孟子》《中庸》《汉书》《史记》等古书典籍。

充和十六岁时，疼爱她的叔祖母去世了，充和回到苏州父亲家，就读于父亲创办的乐益女中。比起在苏州生活的三个姐姐，她显得稍微闭塞、古旧，但难以掩盖她的学问功底和诗词才华。父亲请昆曲教师，教授《桃花扇》《牡丹亭》之类的剧目，这些剧目她在合肥祖母那里都读过，如今一听唱腔就接上了缘分，迷恋昆曲的四姐妹还成立了"幔亭曲社"，而张充和爱昆曲更甚。

不过充和并没有把昆曲作为文学的跳板，一直纯粹地爱着昆曲，幼年在私塾里研习经典，回到苏州后的恋上昆曲，都是美妙的序曲和铺垫。她的一生，最终上升为对中国最朴雅最精致的古典文化游刃有余的追求。

这样一位美丽又知性，向往自由的女子，试问谁不会动心呢？年岁青葱，花蕾绽放，不经意的她，捧诗笺诵百家，修成了美玉，长成了淑女。这时她作了一个决定：要考北京大学。不久之后，充和收到了三姐张兆和的信，上面告知了她与沈从文的婚讯，就这样充和提前一年来到北平，参加沈从文和张兆和的婚礼。

诗人与闺秀的初见

说起两人的相见，总归还是要有引荐人的，不然两人如何在大千世界里相遇相识呢？这位引荐人不是别人，正是充和的三姐夫沈从文。

那时卞之琳还在北京大学英文系就读，遇上了他仰慕已久的诗人徐志摩。而徐志摩也很看重卞之琳的才气，将其引为自己在诗界的一个同志，热心地教诲指导。由于徐志摩，卞之琳很快就与京派那一班气质峭拔、风雅的文人们熟识了，沈从文便是在这个时期结识的。

20 世纪 30 年代初，徐志摩介绍沈从文在国立山东大学教书。卞之琳想在北平出版自己的第一本诗集《三秋草》。本是学生的卞之琳并没有什么积蓄，囊中羞涩的他想到了沈从文。于是，他就眼巴巴地跑到青岛找沈从文。

此时沈从文正着手筹备着婚事，手头也不宽裕，推诿也是情理之事，可那个年代的人身上都充斥着侠气，沈从文本就是个视艺术为生命的人，自然没有袖手旁观的道理，眉头不皱地慷慨相助，虽然沈从文的抽屉中，已经躺着八张当票了。因此，卞之琳便成了沈从文府上的常客。

1933 年 9 月 9 日，从山东回到北平的沈从文，与自己倾慕已久的张兆和在北平中央公园的水榭举行了一场庄重而热闹的结婚典礼。小姨妹充和的到来令卞之琳措手不及，两人的第一次见面，就在这样一个特定的背景下蓦然发生了。

各朝各代，落魄书生爱上世家小姐的故事总在上演。《西厢记》是这样，《牡丹亭》是这样，卞之琳和张充和也是这样。

没错，23 岁的诗人卞之琳，就这样恋上了大家闺秀张充和。不过此时的充和可没有心思谈情说爱，她正为北大的入学考试做着准备。当时北大入学考试要考国文、史地、数学和英文，张充和与钱钟书等人一样，在数学上得了零分，而国文却考了满分，也是偏才一枚，张充和的作文《我的中学生活》因为文采飞扬，受到阅卷老师的大加赞赏。本来在北大有一科成绩零分是不能被录取的，但试务委员会爱才心切，不得已"破格录取"了她。

那一年，除了充和之外，北大中文系只录取了两个女生。

若说第一次相见是惊叹，那么第二次便是不能自拔了。1933年初秋的一天，刚刚成为北大中文系新生的张充和，兴奋地坐在沈从文达子营住所的那棵槐树下，兴高采烈地讲述一天的见闻。

同在北大闲来无事的卞之琳，也来热闹的达子营二十八号拜访了。若说这两人在北大没有碰见我倒真难相信，不过也是，偌大的校园，若非刻意，想要碰到也非易事，更何况是不同系的两个人。

当时，巴金正作为贵客住在沈从文的家中。巴金与二姐张允和、沈从文以及其他数位相熟的文学青年，都围坐在充和的身边，听她聊得起劲。卞之琳悄悄地在稍远的地方，安静地坐下了。二姐张允和眼尖，拍着手招呼卞之琳："来，卞同学，坐到前面来，这次二姐要给你介绍一个新同学呢。"卞之琳这才羞涩地走到了前面。

张允和给卞之琳介绍说："这位小喇叭筒是我的四妹充和。她今年刚刚考入北大。今后，卞诗人与我们的四妹就是师兄兼老乡了。"充和大大方方地拉起卞之琳的手，轻轻地说：卞诗人，卞师兄，卞老乡，今后请多多关照！现在，你就跟我同坐一条长凳子吧！

卞之琳从来没有与青春年少的女孩牵手的经验，充和这一拉手、一套近乎，把意气风发的青年诗人弄得羞赧不已。但卞之琳回过神来时，已经猝不及防地一头坠入了一场书生与闺秀的经典爱情模式中了。

流水落花般的苦恋

不像施绛年对戴望舒，其实张充和是考虑过卞之琳的，只不过性格的明显差异，让充和望而却步。男人和女人不同，男人往往更追求一瞬间的美好，浪漫诗化，在民国有些男人甚至可以为此付出生命，而女人往往更喜欢安定的井井有条的生活，浪漫只不过是平淡生活的调味品罢了。

虽然卞之琳将这份感情隐藏得很好，但张允和对卞之琳的心思看得分明，她想玉成此事，有一次，她借了一个话题去试探充和。充和直言自己的审美观点倾向于古典，她并不欣赏卞之琳创作的新诗，认为没有古典诗词有嚼头，恐怕难以在心灵上引起共鸣。第二点就是充和认为卞之琳太嫩了，"缺乏深度""不够深沉""社会阅历不够"，因此让充和觉得卞之琳"有点爱卖弄"。末了，充和轻轻一笑跟二姐张允和说："他的外表——包括眼镜在内——都有些装腔作势。"

同样都是热爱诗歌的有为青年，却因为一个喜欢现代诗，一个喜欢古典诗，就认定两人无法结成灵魂伴侣，未免有些无病呻吟。不过在卞之琳与张充和的交往中，也许从一开始就注定了落花有意、流水无情的缺憾。

1935 年底，张充和忽然无端地患上了肺结核。张家的大姐元和便亲自到了北平，把充和接回了气候更为宜人的苏州老家养病。

1936 年 10 月，卞之琳母亲病逝。卞之琳回到浙江老家奔丧。母亲入土为安之后，卞之琳始终放心不下张充和，专程去到苏州。回到苏州后的张充和，没有朋友相伴，日子过得倍加无趣。见卞之琳到来，心绪大快，她陪着卞之琳，游览了苏州所有的风景名胜。卞之琳见到张充和身体恢复得如此迅速，也颇感欣喜。

其实卞之琳此刻也并不好过，猝然遭逢母丧，他对于未来的际遇，产生了一种不确定的飘忽感。他竭力让自己处于一种忙忙碌碌的生活状态，陪着充和游历，无非是想多停留在她身边一会儿，但是卞之琳后来颇为自怜地说："多疑使我缺乏自信，文弱使我抑制冲动。隐隐中我又在希望中预感到无望，预感到这只是开花不会结果。"

诗人是敏感的，总会感性地评价身边的人，他们总喜欢悲观地预料一些并不曾发生的事情，不过这一次他似乎预料到了，他和充和的结果不会美好。

1937 年 8 月，朱光潜聘请得意弟子卞之琳为四川大学文学院外文系的讲师。1937 年 10 月 10 日，卞之琳抵达成都，马上给避居在合肥老家的张充和写信，邀请充和也来成都谋求一个发展的机会。

当时，充和的二姐允和、二姐夫周有光，领着一儿一女也滞留于成都。张充和呆在家乡，眼见得战火从北方迅速向南方蔓延，觉得危局日渐。于是，她与大弟宗和，还有一个堂弟，一起离开了合肥，辗转向四川逃去。

这一路逃难，张充和走得十分艰辛，天上经常有日本飞机突如其来的轰炸，地上也时常要躲避游兵惯匪的劫掠。在战乱中人命最不值钱，路途中饿殍遍野，不断有活鲜的生命倒毙于路旁，成为无人收尸的野魂。有人易子而食，更有人为争抢吃食而杀人。充和目睹这一切，蓦然明了卞之琳情意的珍重。

到达成都后的张充和，一时未能找到合适的事情来做，就暂时借住在二姐张允和家里。

卞之琳生怕刚刚来到一个陌生环境的张充和无聊，就常常写信与她交谈。那一段时间，他们谈论的话题很广，天南地北，海宽天阔，只求能给战争气氛中的充和带去一点的安慰。

川大数位热心的教授，也看出了卞、张之间男女情爱的苗头，这给大家的生活注入了一点兴奋剂。因此，他们开始很大声地给诗人卞之琳出谋划策，撺掇卞之琳定期宴请大家，并且在酒宴上将卞、张二人作为打趣的对象。

卞之琳，本来就是一个好相处的人，对于同事们的打趣，他并没有产生不适的感觉。可是，张充和受不了这个。她自幼养成了一种清贵、独立的性子。她判定教授们在宴席上的这种行为，是"言容鄙陋，无可观听"。

一个随和，一个清冷，就如同夜色中高悬的那弯清月，照进了茶碗中初泡的新茶中。

张充和劝卞之琳不要再赶赴这种无聊的酒宴了，可卞之琳却觉得抹不开面子。一气之下，张充和便悄悄地从成都出走。第二天卞之琳找不到充和，这才意识到自己惹恼了她。经过一周的寻找，卞之琳与二姐张允和一家从别处得知，充和竟独自一人跑到青城山散心去了。

二姐张允和得悉确信，让四弟张宇和去把充和找回来。卞之琳也想一同上山赔不是，可是性格绵软的他，临出发又犹豫。而这时，充和已经出走十天了。

张宇和独自上青城山寻得四姐充和。数天后，卞之琳写了一首情诗送给充和，而充和只是望了一眼，轻轻地说了一声："写得真好。"她对卞之琳的态度明显冷淡了许多。生气的女人要立刻去哄，卞之琳却不明白，这个木讷的小伙子并没有新月派诗人固有的浪漫气质，也打动不了充满浪漫的张充和，以至于两个人最终渐行渐远。

卞之琳没有把握住充和仅剩的好感逆流而上，在与充和情感的关键时刻，他却选择了往后退步，这一退便是一生无缘。

1938 年秋，挚友何其芳和沙汀夫妇有一个访问延安的计划。此时被爱情弄得不知所措的卞之琳，当即表示自己也想同去。在卞之琳游历延安的那段日子，充和在云南一个僻静小街上，幽居了很长一段时间。她对自己支离破碎的情感，进行了一番梳理。她最后终于断定：卞之琳真的不是自己可以托付终身的男子。

其实缺乏对彼此的了解，也是他们错过的原因。如果那时卞之琳不去延安，而是直接来云南找她，一切是否会有不同？只可惜没有如果，便没有重来一次的机会。

1943 年的寒假，卞之琳到重庆探访充和，充和正式而委婉地拒绝了卞之琳的感情。1947 年，充和与北大西语系外籍教授傅汉思相识。一年后，充和与汉思喜结良缘，次年 1 月赴美定居。

五年后，卞之琳来到浙江富阳农村，参加农业合作化的运动。正值秋天，入夜的浙江乡村寂静而清明。卞之琳入宿之处，竟然是充和从前住过的闺房！旧居仍在，佳人已去。卞之琳是这样描述的："秋夜枯坐原主人留下的空书桌前，偶翻空抽屉，赫然瞥见一束无人过问的字稿，取出一看，原来是沈尹默给充和圈改的几首词稿。"回想往事，历历在目，顿时百感交集。

1955 年 10 月 1 日，经过几番犹豫之后，四十五岁的卞之琳与三十四岁的诗人青林结婚。

也许这一生卞之琳都不懂得该如何去爱张充和，他可以为她驻足，可以为她排忧，更可以为她去书写一篇篇清丽的小诗。但是他忘记了，爱一个人除了远远驻足护她的周全外，更重要的是走近她的身旁，照顾她安稳无忧。虽然不是所有的爱情都可以圆满，虽然最后并没有得到，但这并不代表他不爱她……

石评梅·高君宇：
生如闪电之耀亮，死如彗星之迅忽

一见我是宝剑，你是火花。我愿生如闪电之耀亮，我愿死如彗星之迅忽。

——高君宇

说起陶然亭的由来，追溯起来要到清代，康熙年间水布郎江藻建亭取白香山"更待菊黄家酿熟，与君一醉一陶然"的诗句为亭名。欣乐之意于其上，名字取得雅致，景致也不错，竟吸引得无数文人骚客来此，此亭也因此位列中国四大名亭之一。

也就是在这里代代流传一个故事，他们生未成婚、死后并葬，演绎了一曲五四运动时期的化蝶故事，凄美又悲凉。

满山秋色关不住，一片红叶寄相思

来陶然亭，拜访高石之墓是必行的。走进园子，林木葱茏，花草繁盛，廊腰缦回，檐牙高啄，颇有江南园林的风韵。未走片刻，就见到了那座著名的高石之墓，依山而建傍水为邻，汉白玉的两幢墓碑并排而立，松柏相覆盖，隐逸而淡远。在清代陶然亭素有"周侯藉卉之所，右军修禊之地"之称。据闻，石评梅在高君宇去世后，手刻他的自评于墓碑之上，便是那句著名的，"我是宝剑，我是火花。我愿生如闪电之耀亮，我愿死如彗星之迅忽。"

她说：君宇！我无力挽住你迅忽如彗星之生命，我只有把剩下的泪流到你的坟头，直到我不能来看你的时候。

诔文写到落泪，满满的沉重感啊，让我如何安顿你那一份刻骨的深情，我后悔了，而你却走了，留下我抚摸你墓碑上冰凉的照片，将自己埋葬在你的身边。

芒，星落碧河。

寂，碧海星天。

石评梅与高君宇相识于山西同乡的聚会上。聚会的起因源于一场改变中国近代史的运动，他们因五四运动相识，是同乡的缘故，又有着共同理想，在聚会结束后，石评梅和高君宇并未离去，又是一番秉烛夜谈，他的爱国热忱、她的清丽典雅，出于共同国运的担忧，促使他们靠得越来越近。

只是那时，石评梅已有了爱慕的人，那个人名为吴天放，是一个报社的记者，也是这个人间接地促成了高与石爱情的悲剧。

吴天放是有才情的男人，在报社工作的他也是进步思想的受益者，在一场游行活动中，他意外结识了作为学生的石评梅，爱情就这样一触即发了，沉浸在恋爱幸福中的石评梅万万没想到，吴天放并不是单身，他在老家已有妻子，并育有孩子。

这个消息对于石评梅来讲，无异于晴天霹雳，吴天放无异于她的初恋，是她第一个倾心相对的人，在爱得深沉之时，将情丝尽数斩去，她又如何舍得？年轻的石评梅想到了吴天放在老家的妻子、孩子，他们何其无辜，要承受这般痛苦？

而她又怎能接受一个对爱情家庭不忠的男人！她决然斩断了和吴天放的过往，随着这段爱情的终结，石评梅的性格也为之大变，写给高君宇的信件，也由飞扬疏阔转入哀愁别绪，高君宇觉察出了石评梅的异常，进一步追问下，石评梅道出了事情的本末，高君宇气愤之余，不禁欣喜，他对石评梅本就存有爱慕之心，奈何佳人已有所属，如今却大大不同了，他没了思想包袱，终于可以大方地追求心爱的女人了。

他邀她到陶然亭去听关于工人运动和妇女解放的演讲，漫步在陶然亭苍翠的松柏间，他告诉她，他希望帮她走出失恋的阴影，人的一生还有好多事情去做，把眼界放开，别把爱拘泥于一场失败的感情中。

爱若真那么容易放手，古今中外也就不会有那么多被情所困为爱而死的事情了，这一次的失恋，对石评梅的打击很大，爱一个人很容易，忘记一个人却很难，她的心很小，没那么快可以重新接纳一个人。高君宇给了她完全的尊重，他愿意等她，只是他没有想到，这一等就是一生。

在这场三个人的爱情中，高君宇最为无辜，不像吴天放伤了石评梅之后撩开手也就罢了，高君宇只能将她这颗变凉的心，重新用心血焐热。他的身体并不好，当初为了反抗封建家庭的包办婚姻而落下了咯血的病根，每每秋寒最易发作，而今年秋天他在清幽的西山养病，天高烟水寒，相思枫叶丹，看着山上的红叶开得极美，对她的思念如潮水般汹涌而出，一发不可收拾了，相思的痛苦可比子弹穿胸，他不想再等了，他要告诉她。

踏入深山中，遍寻一片近似完美的红叶，他蘸满了墨，百般思量在红叶上落笔，写下了"满山秋色关不住，一片红叶寄相思"，将信寄出去后，他忐忑地等待着石评梅的回复，她会同意吗？还是依旧未置可否？

等来等去，当高君宇拆开信后，里面依旧是自己那片提了诗的红叶，而背面却写了一句，"枯萎的花篮不敢承受这鲜红的叶儿"。高君宇松开手，苦笑一声，多情却被无情恼啊!

冰雪友谊与象牙戒指

再说回石评梅，拒绝高君宇之后，她并未从矛盾和痛苦之中解脱出来。对于吴天放她还有淡淡的执念，在爱情上，得到要比从未得到更难放手，所以她可以不拖泥带水地拒绝高君宇，却始终狠不下心来忘记吴天放。

可是对于一直对她呵护备至的高君宇，她又如何能真的硬下心肠?出门望向西山，她仿佛亲见了高君宇的失望和受伤的模样，内心被歉疚、不安和自责反复闹腾。本就带着心事的石评梅，又得知了童年好友吟梅因爱情不幸，染病身亡的消息。这封家书不仅没有缓解石评梅苦闷的内心，反倒雪上加霜，石评梅在这双重的打击下，没过多久便病倒了。

这一病，石评梅在床上躺了40多天，"梅窠"做病房，更加显得萧瑟、荒凉。狂风暴雨拍打着窗户，石评梅听着雨声渐渐入眠，突然"梅窠"来了个异装的不速之客，石评梅起身疑惑地盯着面前人，少顷，便放下了警惕，原来这人是乔装后的高君宇，当时的高君宇被军阀追捕，只得离开北平，为了和石评梅告别，他披风沥雨连夜赶来"梅窠",只想再见她一眼。

这一别，又不知什么时候才能相见，高君宇好几次想和石评梅说点什么，可是话刚一出口，都被她冷淡地用话岔开了。

这夜，两个人就这样默默地坐着。一个是低了头为心爱姑娘的躲避而叹气，一个是低了头为自己的狠心绝情而落泪。只听见外面狂风骤雨无休无止地拍打着窗户，高君宇最后看了她一眼，准备起身离开，石评梅猛一抬眼，知道他要走了，她握紧了双拳，咬着嘴唇，还是跟他道了声珍重。

八个月后，石评梅收到了高君宇的来信，在信里高君宇告诉她，他这次彻底地解决了年少时遗留下来的包办婚姻问题，作为好友石评梅当然为高君宇感到高兴，可她又怎会不知道，高君宇不惜暴露身份，也要回到南方解决这个问题的真正心思，可是她又能回应他什么？她不敢去爱，在和吴天放分手之后，她便决定奉行独身主义了，面对高君宇的一直相随，她不是没动心过，也许是心里还对吴天放念念不忘，也许是所谓的人言可畏吧。

面对高君宇的信笺，他详细地告诉她这次他解除婚约的经过，她可以从字里行间感受到他无比的喜悦之情。她对着信纸呆坐了很久，最后她还是委婉地拒绝了他的好意，她是这样写的：我可以做你唯一的知己，做以事业为伴共度此生的同志。让我们保持"冰雪友谊"吧，去建筑一个富丽辉煌的生命！

收到石评梅的信后，他默然不语，他没有想到石评梅的这颗心竟是这般难以焐热，他一腔的火热情愫，诉无可诉，他只得又给她去了一封信，直言道："评梅，你只会答复人家不需要的答复，只会与人订不需要的约束！"

但，心中纵然千怨万怨，他还是再次包容了石评梅对他的逃避。他在随后的信中写道："我是有两个世界的，一个世界一切都属于你，我是连灵魂都永禁的俘虏；为了你死，亦可以为了你生。"

"在另一个世界里，我不属于你，更不属于我自己，我只是历史使命的走卒。不如意的世界，要靠我们双手来打倒！""你的所愿，我愿赴汤蹈火以求之；你的所不愿，我愿赴汤蹈火以阻之。"

写信的当天，身在广州的高君宇在平息商团叛乱的斗争后，上街买了两枚洁白的象牙戒指，他将大的那个给自己戴上，小的那个连同信笺一起寄给了石评梅。

他在信中问她："爱恋中的人，常把黄金或钻石的戒指套在彼此的手上以求两情不渝，我们也用这洁白坚固的象牙戒指来纪念我们的冰雪友谊吧！或者，我们的生命亦正如这象牙戒指一般，惨白如枯骨？"

相思相见知何日，此时此夜难为情

离开北平很久的高君宇，终于从南方回来了，可惜他却不能第一时间去看他心心念念的石评梅，他因为旧疾复发住进了德国医院（今北京医院）。

那天石评梅赶来医院看他，高君宇一眼便瞧见她手上的象牙戒指，身上的伤不疼了，只要有她在，一切都会好的，后来这两枚象牙戒指便再也没有离开他们的手上。

一次她来看他，为他带来一束红梅，那时他倚在病榻上睡着了，石评梅看着他睡去的容颜，不忍心吵醒他，她在信纸上留下字迹："当梅香唤醒你的时候，我曾在你的梦中来过。"当他悠悠转醒，展开放在矮柜上的信纸，不禁展颜一笑。

自那次之后，石评梅每次来看望高君宇，都会为他折一枝红梅。有一次，他望着窗外飞雪曾问她："世界上最冷的地方是哪里？"石评梅也随他的目光看去，手拂过心口，凉凉地叹了一声："就是我站的这地方。"对于石评梅的冷遇，高君宇是理解的，他知，吴天放遭遇在前，世人流言传统束缚在后，还有她的自我谴责以及多年来立志独身的素志，更有对他冒险革命事业的担心。

可是他对石评梅的理解越多，他心里的苦闷也就越重。

　　过了几月，高君宇康复出院，石评梅陪着高君宇在陶然亭散心，他想这世间没有一对像他们这般，不似情侣却做着情侣之间应做的事。他看着陶然亭的美景，心里没来由地伤感，他对她说："评梅，你看北京这块地方，全被军阀权贵们糟蹋得乌烟瘴气、肮脏不堪，只有陶然亭这块荒僻地还算干净了！以后，如果我死，你就把我葬在这儿吧！我知道，我是生也孤零、死也孤零。"

　　这是高君宇第一次表述要将自己葬在陶然亭的心愿，石评梅心里也一阵悲凉，眼里也滚下泪来，最后还是高君宇讲话拉了回来，他拍拍她的肩膀："唉，我病已好，哪能就死呢，你不要常那样想！"

　　可是，没过多久，高君宇便不顾"静养半年"的医嘱，再次南下，待到归来后又得了急性盲肠炎，又被送到了医院，只三天工夫就瘦成了一把枯骨。对于高君宇的病，这一次石评梅的心里涌出一种不好的感觉，当她飞奔至医院看见形销骨立的高君宇时，不禁红了眼眶。

　　而这一次，他再也没有好起来。

　　看着面前哭成泪人的石评梅，为她擦拭着挂在眼角的泪水，结果越擦越多，他叹了口气："评梅，你的泪什么时候才能流完呢！"

　　石评梅握住他的手定了定心神，她说："君宇，现在我将我这颗心双手捧在你的面前，从此后我为了爱而独身，你也为了爱而独身。"

　　他抚过她的头发，仰面躺在病床，他对她说："评梅，一颗心

的颁赐，不是病和死可以换来的，我也不愿用病和死来换你那颗本
不愿给的心。

我知道我是生也孤零、死也孤零。死时候啊，死时候，我只会
独葬荒丘。

评梅，这儿的信件，你拿走罢，省得你再来一次检收！"

1925 年 3 月 5 日凌晨两点，夜寂无声，高君宇终于挣扎着死
在病床上。留下了他未完成的事业，未完成的爱情。

而就在高君宇弥留的时候，石评梅却在梦见高君宇来向她告别，
她作为进步青年自是不信的，焦灼的心情使她急切地想去医院看高
君宇，她要告诉他，她错了，不再坚持什么独身的主张，也不要什
么冰雪的友谊，只要他的病好，她什么都答应他——可是，她迟来
的忏悔，如今已再没有任何的意义，向她表述爱意的人，早已离她
远去。

三年后，民国才女石评梅，去到了一个有他的世界，根据石评
梅的遗愿，她被葬在高君宇的墓旁，既然生不能成宗室亲，但求死
为同穴鬼……

第三章
春风十里不如你

相思就是开在那最浓艳的一朵

芬芳里自我独醉。犹自在心海的波澜中,

晕染双眸清波的涟漪。心中的柔情,

百转千转万转的。在水光尽头,

摇着竹筏上忆念的信笺随她而去。

他知晓,山重水复的尽头,

她的芳踪正频频回首。

朱自清·陈竹隐：
清辉里的月亮，荷塘里的风

一见到你的眼睛，我便清醒起来，我更喜欢看你那红晕的双腮，黄昏时的霞彩似的，谢谢你给我力量。

——朱自清

八月夏夜里的月亮，如银盘般挂在当空，月华似练，清冷而绵长，溶溶地映在满是荷花的静水中，任你轻风拂来，我自水波不兴，那美丽的姑娘打荷塘边走过，荷叶罗裙如同一色，唯有芙蓉般的脸面，与池里的荷花交相辉映，芙蓉向脸两边开。

如此美人美景，我默然闭眼，还是想起了朱自清的《荷塘月色》……

此情可待成追忆

小时候，记得大概是四年级的时候，在课本上第一次读到朱自清的文章——《春》。

盼望着，盼望着，东风来了，春天的脚步近了。

一切都像刚睡醒的样子，欣欣然张开了眼。山朗润起来了，水涨起来了，太阳的脸红起来了。

……

闭上眼，耳畔似有蝉虫花鸟的鸣叫，随手一抚，便如同折了满园春色在手，那生机盎然的春意，竟乎画轴般平铺入眼。

朱自清的《春》仿佛一场雨，打民国而来，淋在我那时尚且稚嫩的心里，恍惚在淅淅沥沥的微雨间，依稀可见花树下的女孩站在雨中，撑一把纸伞婀娜而来，那雨水湿了她的秀发，染了她的旗袍，她笑着从春天走过，又如春天常驻。

其实朱自清在创作《春》的时候，心情不可谓不高涨，那时他刚刚离开欧洲漫游回国，又与陈竹隐携手，没过多久便喜得了贵子，于事业上，又出任清华大学中国文学系主任，面对四喜中占了三条的他，可谓是好事连连，春风得意。

翻开尘封许久的信笺，读着当年朱自清写给陈竹隐的七十五封情书，伤情时字字锥心，相知后便如同倒了蜜罐般，甜到倒牙，若说相思只能在悲伤里，才可绽放异彩，那泪水到底隐匿了多少旧事，唯借一岚清风，犹忆当年的枕边人……

没错，在陈竹隐之前，朱自清另有佳偶，与陈竹隐不同的是，武钟谦却是一个地地道道的传统女人。

和鲁迅、闻一多一样，年少的朱自清接受了家里的安排，娶了与他同龄的武钟谦，可与鲁迅新婚之夜便抛下妻子独居，闻一多的先婚后爱不同，朱自清一开始便对武钟谦很好，甚至在武钟谦去世很久之后，依然对她怀念至深，以至于还写文章悼念她。

他是这样写的：你常生病，却总不开口，挣扎着起来；一来怕搅我，二来怕没人做你那份儿事。我有一个坏脾气，怕听人生病，也是真的。后来你天天发烧，自己还以为南方带来的疟疾，一直瞒着我。

明明躺着，听见我的脚步，一骨碌就坐起来。我渐渐有些奇怪，让大夫一瞧，这可糟了，你的一个肺已烂了一个大窟窿了！大夫劝你到西山去静养，你丢不下孩子，又舍不得钱；劝你在家里躺着，你也丢不下那份儿家务。越看越不行了，这才送你回去。明知凶多吉少，想不到只一个月工夫你就完了！本来盼望还见得着你，这一来可拉倒了。你也何尝想到这个！父亲告诉我，你回家独住着一所小住宅，还嫌没有客厅，怕我回去不便哪。

前年夏天回家，上你坟上去了。你睡在祖父母的下首，想来还不孤单的。只是当年祖父母的坟太小了，你正睡在圹底下。这叫作"抗圹"，在生人看来是不安心的；等着想办法吧。那时圹上圹下密密地长着青草，朝露浸湿了我的布鞋。你刚埋了半年多，只有圹下多出一块土，别的全然看不出新坟的样子。我和隐今夏回去，本想到你的坟上来；因为她病了没来成。我们想告诉你，五个孩子都好，我们一定尽心教养他们，让他们对得起死了的母亲你！谦，好好儿放心安睡吧。

他唤她谦，深夜不眠在灯下，为她写下这一篇摧人心肝的《给亡妇》，我不知道武钟谦究竟是何样的女子，可以占据朱自清的心这般长的时间，使得他再娶了新式青年陈竹隐后，还能对她念念不忘。

其实有人在多年以前，就朱自清的性行做多分析，直言朱自清不忘武钟谦的原因，并不是出于爱。而这世间恰恰有这样一种男人，他们性格温和，却大男子主义严重，他们不要求妻子是事业型的，只希望她们是传统的家居女人，照顾好孩子、先生，打理好家务就可以了。

显然朱自清就是这样的人……

不过究竟孰是孰非，谁爱了谁，谁念着谁，都已淹没在厚厚的信笺中，渐渐变成老去的墨痕……

追爱，七十五封情书

说起陈竹隐与朱自清的初遇，却始于一场朋友们的诓骗，可以说，朱自清是在完全不知情的情况下，被朋友拉着去见陈竹隐的。

认识陈竹隐的时候，朱自清的生活正混乱不堪。那时，朱自清的结发妻子武钟谦已病逝一年多，给他留下 6 个年幼的孩子（小儿朱六儿只 1 岁就夭折），朋友们看不下去，纷纷劝说朱自清续弦，却每每被朱自清拒绝。

写到这没来由想起苏轼与王弗，那首足以令所有悼亡词黯然失色的《江城子·乙卯正月二十日夜记梦》，若说朱自清与武钟谦温柔缱绻的原因，是出自他那温和的大男子主义，那自武钟谦死后，沉淀在一餐一饭、柴米油盐里积下的深情，竟数迸发，足以让多情善感的朱自清回味一生了。

有时候我们不可否认，死亡确实可以让一个本不美好的人，变得完美无瑕，在岁月流逝间，我们往往记得的，都是已逝恋人的好，她的音容笑貌依旧保留着，当初最美的模样，而我们却早已生了华发，长了皱纹，一如当年的汉武帝与李夫人，即便再多美人在侧，他心中所珍爱的，也只是一个已逝的她罢了！

不止朱自清与武钟谦，汉武帝与李夫人，古往今来伟大而炽热的爱情，无一例外都有死亡这个最佳帮手的参与，然而在这场由死亡参与而变得不可及幻的情爱里，陈竹隐却将沉浸在亡妻思念中的朱自清，渐渐拉了回来，朱自清那颗迷失许久的心，也最终为了陈竹隐而重新跳动了起来。

后来陈竹隐是这样回忆她与朱自清第一次见面的场景：

"他那天穿一件米黄色的绸大褂，戴一副眼镜，看起来还不错。可谁知道，他的脚上却穿了一双老款的'双梁鞋'。"

正是由于这双"双梁鞋"，让陈竹隐的女同学笑了半天，还坚决拉着陈竹隐说，不能嫁给这土包子。好在陈竹隐却没为一双鞋就否定一个才华横溢的人。

在朱自清再约她时，她欣然赴约，民国时青年男女的约会，于现在而言，几乎没有什么差别，他们去饭馆吃饭，坐电车去看老电影，并排沿着江边压马路。

据朱自清之子朱思俞回忆："他们一个在清华，一个住城里。来往不是很方便，所以那时写信写得比较多。"

朱自清在写给陈竹隐的第一封信里，称她为竹隐女士，而落款为朱自清。在一周后的第二封信里，他则称她为竹隐弟，落款却成了自清。而他们的第五封信里，先前的竹隐弟已变为更为亲切的隐弟，而自清却只剩下了一个清……

再以后，便是那一句有名的情话：隐，一见你的眼睛，我便清醒起来，我更喜欢看你那晕红的双腮，黄昏时的霞彩似的……亲爱的宝妹，我生平没有尝过这种滋味，很害怕真的会整个儿变成你的俘虏呢！

从最初的"女士"再到"亲爱的宝妹"，在整整七十五封情书下，他们的爱情，如夏夜里月下含苞待放的荷，渐渐绽放在柔柔的碧水间。

那年秋风如火，烧红了香山的枫叶，他与她相伴而行，在一棵系满红丝带的枫树下停驻，对枫叶，感飘零，她随口吟诵，他接得巧妙，这次的香山赏红叶，使得两人越走越近，可是，虽然两人早已心系为密不可分的恋人，可谁都没有提出结婚的勇气。

她，陈竹隐，齐白石的学生，唱得了昆曲，拿得了画笔，这个比朱自清小了七岁的年轻女孩，又如何能经受得起呢？

有时候，情爱是两个人的事，你情我愿即可，大不了一拍两散，彼此也可相忘于江湖，但结婚却不是这样的……

这年的寒假，她开始有意躲着他，可躲得了人，又如何躲得开心里的牵肠挂肚呢？

她又收到了他的信，在信上他穷尽了所有能表述他内心苦痛的词语，竭力述说着他的相思之苦，他说他的胃又开始痛了。

而她的心，却隐隐地疼了。

垂下眼眸，她接着去读下面的话："竹隐，这个名字几乎费了我这个假期中所有独处的时间。我不能念出，整个人看报也迷迷糊糊的！我相信是个能镇定的人，但是天知道我现在是怎样的扰乱啊。"

常听人说，恋爱中的女人，智商情商均为负数，听不清也辨不明，只知道一心追随心中最真挚的恋人，到头来弄得一身情殇，最后只得背过身去，暗骂当初如何的瞎了眼。可朱自清自是不同于他人，陈竹隐更是如此。

而最后，她还是接受了他，也接受了他的几个年幼的孩子。1932 年，朱自清与陈竹隐在上海杏花村酒楼举行婚礼，这一年也正是他们相识两周年的日子。

死亡，并不是分离

与朱自清结婚后，两个新式青年，却过上了与之前别无二致的生活，那里没有风花雪月，也没有画笔和水墨，只有锅碗瓢盆、柴米油盐，而陈竹隐似乎也走上了与武钟谦相同的道路，相夫教子。

没有哪个女人会刻意放弃理想与追求，甘心愿意做一个围着灶台饭桌团团转的女人，而陈竹隐却为他，心甘情愿成了他背后的女人，那个从前十指不沾阳春水的人儿，如今也为了他洗手作羹汤。

日子在平淡中，却越过越有滋味，如同一口百年的老酒，入口很淡，而回味却是甘洌无比。

时光如水般，从指尖缓缓溜走，待回首时已是 1937 年，距离他们结婚已过去五年之久了，也在这一年抗日战争全面爆发，覆巢之下安有完卵，朱自清的一家人又怎可幸免？

次年 4 月，面对如此紧迫的战争形势，北京大学、清华大学、南开大学组成国立西南联合大学，朱自清作为教授更是要随校南迁到昆明，他本想带着妻子和孩子一同去昆明，可是孩子们正嗷嗷待哺，仅靠朱自清的那点薪水又如何能在这物价纷飞的日子里，买到足够的粮食呢？

虽然不舍得朱自清，但看着他日渐消瘦的身子，陈竹隐暗暗做了一个决定，为了减轻朱自清的负担，让他安心随学校工作，柔弱的陈竹隐毅然带着孩子们，回到阔别多年的老家成都，一个人挑起了整个家的重担！

从此一人在昆明，一人在成都，一个是四季如春的春城，一个是天府之国的锦城，相隔迢迢万里间，唯借那中天之上的一轮明月，才可了了相思之情。

长相守，长相依，为谁赋上相思曲……

两年后，朱自清回成都探亲，他风尘仆仆地赶来，在柳树下轻喃一声我回来了，陈竹隐倚门而望，接过他手里的行囊，二人相视一笑，好似从未分别般，只因他们都懂得，纵使相隔万里，他们的心却是紧紧贴在一块儿的。

也正是这次探亲，朱自清亲眼目睹了饥民哄抢米仓的场景，心中抑郁不平，愤然写下《论吃饭》一文，犀利地指责当权者无视人民温饱，支持人们为维护自己的天赋人权而斗争。此后的他，继闻一多、李公朴之后，泱泱华夏又多了一位民主斗士。

在日后漫长的岁月里，他都为民主革命而奔走呼号。在 1946 年 10 月，他早已身患重病，却毅然地在反饥饿、反内战的实际斗争中，在"抗议美国扶日政策并拒绝领取美援面粉宣言"签字，即便已患上严重的胃病，缠绵病榻许久，他依旧对陈竹隐说："我是在拒绝美援面粉的文件上签过名的，我们家以后不买国民党配给的美国面粉。"陈竹隐含泪点头，坐在他床榻边握着他的手，叫他放心。

而，朱自清的身体，确是越来越不好了……

有些人是可以轻易抹去的，犹如尘土，而有些人，却是倾其一生都不能忘记一丝一毫的，于她而言，他便是那个她一生都不能忘却的人。从未想过生命，竟会是这般的脆弱，甚至不比一棵树更耐得住岁月风海。

1948 年 8 月 12 日，她清楚意识到，这个人永远都不会回来了。

人事终抵不过岁月的沧海，而我对你的爱，却一如当年香山上的红叶，艳如往昔……

鲁迅·许广平：
我只想和你在一个慢下来的世界里交谈

滔滔不绝很容易，可我只想和你在一个慢下来的世界里交谈。

——鲁迅

    表白与被表白一定是世上最浪漫的事，比表白和被表白更浪漫的事就是写信了吧。相隔两地的情人，昼想夜梦，将心思投掷在笔尖，在信笺上开出一朵朵墨色的花，提笔前诸多思绪，落笔后甚好勿挂。

    有鱼传尺素，且有鸿雁传书，一直觉得古人比现代人浪漫得多。细嗅着水墨带来的熟悉的味道，心无旁骛地想着远方的那个人，往往能让我们更加静下心来表达真实的想法。正如《两地书》中所写的：滔滔不绝很容易，可我只想和你在一个慢下来的世界里交谈。

与安姑，荒漠的婚姻

《黄金时代》里有过这样一个片段，萧红和萧军去拜访鲁迅时，一位女子穿着棉袍在门口迎接，这女子端庄从容、落落大方，此人正是鲁迅的夫人——许广平，但许广平并不是鲁迅先生的原配夫人。

1878 年，绍兴城一户朱姓商人家添了个女孩，取名为"安"。朱安和旧中国许多中上家庭的女子一样，从小被教养成一个切合传统要求的女性典型，脾气和顺，会做女红，擅长烹饪，有着中国女人的温婉性情，又有着旧时代女子致命的弊端——不识字，又裹着小脚。这些弊端也注定了这场婚姻将以悲剧收场。

这样安分的女子本是不会引起公众注意的，但中年过后的朱安却成为记者争相采访的对象。1947 年她去世时报上也多有报道。一个平常的居家女子会如此受关注，原因很简单：十居其九与她们的男人有关，而对朱安来说，这个男人便是她的丈夫——鲁迅。

鲁迅之所以会娶朱安，原因还要从鲁迅的母亲说起。

虽说鲁迅自小婚姻就被包办，可是只要鲁迅不回来，朱安就不算鲁迅真正意义上的妻子。眼见婚期越拖越久，朱家对此也颇有微词，鲁迅的母亲左思右想，连夜给鲁迅去了封电报，直言自己病重，要儿子赶快回家。

当时鲁迅还在日本留学，接到电报后，立刻赶回了绍兴老家。回到家后的鲁迅也知木已成舟，只得答应这门亲事。不过鲁迅通过自己的母亲，向朱家提出了一项要求，他要朱安放脚，然后进学堂念书。鲁迅提出这样的要求，也是希望日后妻子可以和他有精神上的共鸣。也许在一开始，鲁迅是怀着希望的，期待他可以把朱安改变，让朱安在他手中重生，不再成为时代的附庸。

身着西服，剪掉辫子的鲁迅走进了朱家的大门，他始终没有提出退婚，而周家也没有安排把朱安迎娶过门。没有办法，朱家只得妥协。

1906 年 7 月 6 日（光绪三十二年农历丙午六月初六）鲁迅在老家与朱安完婚。

婚礼完全是按旧的繁琐仪式进行的。

鲁迅装了一条假辫子，从头到脚一身旧式新礼服。周家族人都知道鲁迅是新派人物，估计要发生一场争斗，或者还会酿成一种出人意料的奇观，于是便排开阵仗，互相策应，七嘴八舌地劝诫他。然而让他们意想不到的是，一切都很正常，司仪让鲁迅干什么，他就干什么，就连鲁迅的母亲也觉得异常。

轿子来了，从轿帘的下方先是伸出一只中等大小的"脚"，这只"脚"试探着踩向地面，然而轿子过高，一时没有踩在地面上，绣花鞋掉了，一只真正的裹得很小的脚露了出来。原来，朱安听说她的新郎喜欢大脚，因此穿了双大鞋，在里面塞了很多棉花，本想讨新郎的欢心，没想到刚上场就败露了。

一阵慌乱之后，鞋又被重新穿上了。新娘终于从轿子里走了出来。她身材不高，人有些瘦小，一套新装穿在身上，显得有些不合身。在族人的簇拥和司仪的叫喊声中，新娘的头盖被揭去了。

鲁迅这才第一次打量他的新娘。姑娘的面色黄白，尖下颏，薄嘴唇，宽的前额显得有些微秃。新媳妇朱安是鲁迅本家叔祖周玉田夫人的同族，平日跟鲁迅的母亲谈得蛮投机，亲戚们都称她为"安姑"，她年长鲁迅3岁。

依照现在的眼光来看，绝大多数女生可能接受不了"姐弟恋"的形式，但按照当时绍兴的男女婚配传统，以妻子比丈夫大两三岁为佳，所以两人是相当匹配的。

可这在长辈眼中完美的婚姻，在鲁迅眼中却是这般的不美。完婚的第二天，鲁迅没有按老规矩去祠堂，晚上，他独自睡进了书房。第三天，他就从家中出走，又返回了日本。

面对红烛独自坐到天明，朱安一定不知道自己究竟哪里做错了，竟惹得丈夫在新婚之夜抛下她？后来鲁迅曾和好友许寿裳谈起这段婚姻："这是母亲给我的一件礼物，我只能好好地供养它，爱情是我所不知道的。"

鲁迅明知无爱，却又不得不接受这段婚姻，据他日后的解释，一是为尽孝道，他甘愿放弃个人幸福；二是不忍让朱安成为牺牲品，在绍兴，被退婚的女人，一辈子要受耻辱的；三是他当时认为，在反清斗争中，他大概活不久，所以和谁结婚都无所谓。就这样他和朱安过着"无爱"的夫妻生活，走过了二十个春秋，而朱安也像传统的绍兴太太般地做着家务，奉养着母亲。

作为女人，朱安是不幸的，她可以说是那个时代旧式女性的代表，她并不像刘霓君有敢于闯出家门依靠自己养活自己的勇气，她活得太过畏首畏尾，丧失了一个女子应有的朝气，所以她并不能像刘霓君一般唤回丈夫的心，只能眼睁睁地看着他渐行渐远。

风子是我的爱

与许广平相识相恋时，鲁迅已经四十四岁了。四十四岁的鲁迅虽有名义上的妻子朱安，但一直过着一种苦行僧式的禁欲生活，他打算陪着朱安——这件"母亲的礼物"做一世牺牲。

也许是许广平对他的敬仰、理解乃至热爱打开了他尘封已久的心。这位文学巨匠的爱情来的稍稍晚了一些，许广平满足他对爱情的一切幻想，她有思想，是新时期女性的代表，热情又坚毅，活泼又大方，和保守木讷的朱安形成了鲜明的对比。

鲁迅和许广平的相遇，要从 1923 年的秋天说起。这一年鲁迅应好友许寿裳之邀，到北京女子高等师范学校(1924年更名为北京女子师范大学)讲课。在这里鲁迅认识了比他小十七岁的许广平。

许广平身材高挑，且总是坐在第一排，尽管如此，鲁迅对这位外貌不太出众的广东姑娘，并没有很深的印象。许广平多年以后这样回忆道："突然，一个黑影子投进教室来了，首先惹人注意的便是他那大约有两寸长的头发，粗而且硬，笔挺的竖立着，真当得'怒发冲冠'的一个'冲'字。一向以为这句话有点夸大，看到了这，也就恍然大悟了。褪色的暗绿夹袍，褪色的黑马褂。手腕上，衣身上许多补丁，有异样的新鲜色彩，好似特制的花纹。皮鞋的四周也满是补丁。人又鹘落，常从讲坛跳上跳下，因此两膝盖的大补丁，也遮盖不住了。一句话说完，一团的黑。那补丁呢，就是黑夜的星星，特别熠眼耀人。小姐们都笑了！"

当笑声还没停止的刹那，学生不知为什么全都肃然了，他的课没有一个人逃，钟声刚止，许广平还来不及向他请教，他便不见了，许广平杵着下巴看着门口嘟囔了一句："真是神龙见首不见尾啊！"

在绝大多数同学眼里，鲁迅依旧是赫赫有名的文学家、革命家。可许广平却肆无忌惮地打趣着他。他宽袍大褂的背影有些消瘦，落在她眼里，倒让她看出了他寥落不为人知的另一面。

这样的师生关系延续了一年多，直到1925年3月，许广平很想给鲁迅先生写信。加之学校里有些动荡，再一年她就毕业了。她有一些问题和苦闷，希望能得到老师的指点。这事她与同学林卓凤说了，林君为她壮胆，很赞成她写。由于许广平写信向鲁迅求教，他们之间才有了进一步的接触，原本疏远的师生关系有了些突破。

不知道许广平在给鲁迅写第一封信的时候，是否已经爱上了他。不过对于这位严肃又亲切、熟悉而陌生的老师，孺慕和敬仰之情是少不了的，她提笔蘸墨又放下，一遍遍地构思词句，生怕在这位巨匠面前失了面子。她又用蘸水钢笔、黑色墨水、直行书写认真地誊抄一遍，选了写的最工整的一封，郑重其事地交给了鲁迅。

她在信的开头这样写道："现在执笔写信给你的，是一个受了你快要两年的教训，是每星期翘盼着希有的，每星期三十多点钟一点钟小说史听讲的，是当你授课时坐在头一排的座位，每每忘形地直率地凭其相同的刚决的言语，在听讲时好发言的一个小学生。她有许多怀疑而愤懑不平的久蓄于中的话，这时许是按抑不住了罢，所以向先生陈诉。"

这封信写了很多，包括对教育制度的意见。对于学校中的种种现象，她认为是教育的失败，是青年的倒退。她的信中写道："先生！你放下书包，洁身远引的时候，是可以'立地成佛'的了！然而，先生！你在仰首吸那卷着一丝丝醉人的黄叶，喷出一缕缕香雾迷漫时，先生，你也垂怜、注意、想及有在虿盆中展转待拔的么？"她希望鲁迅能当她无时无界限的指南引导。

"先生，你可允许她？"她在信里炽热地询问。

她还认为，"苦闷之果是最难尝的"，不像嚼苦果、饮苦茶还有一点回味。信中她竟提出："先生，有什么法子在苦药中加点糖分？有糖分是否即绝对不苦？"她抱着枕头想，对这样的问题，他是否会一笑了之，不予回答？

她不知道他在看到信后会怎么想她，太过轻狂浮躁？还是会夸她见解独到？信送出后，许广平志忑不安，她就是这般在意他的看法，希望自己能和他在心灵上产生共鸣。26岁的她，平时夜里倒床就睡着了，这夜她辗转反侧，久思不寐，打量着自己的信中她认为的不妥之处。

不曾想3月13日一早许广平收到了鲁迅的回信。展开信笺，"广平兄"三字赫然在目，她绷紧的心弦一下就松弛了。

鲁迅的信写得很长，谈了学风，谈了女师大校中的事，又着重谈了他的处世方法。关于"加糖"的问题，鲁迅也写到了："苦茶加'糖'，其苦之量如故，只是聊胜于无'糖'，但这糖就不容易找到，我不知道在哪里，只好交白卷了。"鲁迅写得这么平易近人，她的忐忑不安全消，心中竟泛起丝丝的甜意。

从1925年3月11日他们开始通信，一直是许广平以自己的勇敢和坚定打消了鲁迅的种种顾忌，终于等到他明白的表示："我对于名誉、地位，什么都不要，只要枭蛇鬼怪够了。"这所谓"枭蛇鬼怪"，就是又有"小鬼""害马"之称的许广平。

而在 1925 年 10 月许广平所写的《风子是我的爱》中，有这样的爱的宣言："即使风子有它自己的伟大，有它自己的地位，藐小的我既然蒙它殷殷握手，不自量也罢！不合法也罢！这都于我们不相干，于你们无关系，总之，风子是我的爱……"

1927 年 10 月，鲁迅与许广平在上海正式开始同居生活，在旧式婚姻的囚室里自我禁闭 20 年之后，他终于逃出来了。对于鲁迅和许广平来说，这是他们生命中最有光彩的举动，鲁迅于 1934 年 12 月在送给许广平的《芥子园画谱》上所题的"十年携手共艰危，以沫相濡亦可哀"正是他们爱情生活的写照。

在我们的匆匆人生中，总会遇见形形色色的人，曾带给你温暖，也曾带给你伤害，但有一种人，难得亦难求，这种人被唤作"知己"，我想许广平和鲁迅之于对方就是这样的人吧，懂你的眼神，懂你微张的口，以及埋在心里不曾说出的话，懂你的隐忍，懂你的落寞。

鲁迅说："《两地书》其实并不像所谓'情书'，一者因为我们通信之初，实在并没有什么关于后来的预料；二则年龄、境遇都已倾向了沉静方面，所以绝不会显出什么热烈。"

1936 年 10 月 19 日凌晨 5 时 25 分，鲁迅病逝于上海大陆新村寓所。十年后的 1946 年 10 月，许广平写了一篇《十周年祭》，回首当年道：呜呼先生，十载恩情，毕生知遇，提携体贴，抚盲督注。

有如慈母，或肖严父，师长丈夫，融而为一。呜呼先生，谁谓荼苦，或甘如饴，唯我寸心，先生庶知。

这一诗一文，包含着两人多少辛酸血泪，多少相爱相知，多少生死情谊！亦可看作是鲁、许《两地书》的延续！

鲁迅和许广平的故事没有那么多的轰轰烈烈，更多的是平凡和细水流长。有时候，慢下来多好，让一个人的一生，只够爱一个人，停下你行走的脚步吧，和我在一个慢下来的世界里，细细交谈、相守终老……

彭雪枫·林颖：
第91封情书

　　别离才三天，好像已经三个月了。这一形容并不过火，理智排除情感，总是一件需要斗争的事，何况是在24日之后，又何况是在长夜倾谈而话才吐出了千分之一的以后呢！我不愿写出这样的情思，生怕引动你的更加浓厚的惦念之情，然而事实如此，叫我有什么法子呢？人们说我是个情感丰富的人，过去可以压得下，近来有点异样了。一个人的影子，自早至晚怎么也排遣不开！外人知道了，真是有些好笑！

——彭雪枫

　　彭雪枫和林颖的爱壮美而短暂，像开在峭壁上的雪莲，虽注定分离，却顽强绽放属于他们那一抹色彩。相思无尽，心上的话诉无可诉，砚旋研墨，渐写别来，此情深处，在红笺中渲染出一朵名为爱与信仰的花。

大龄单身青年的恋爱历程

说起彭雪枫，喜欢中国近代史的朋友都不会陌生，他是我党德才兼备、智勇双全的军事将领，也是抗日战争时的名将，曾转战豫南、豫东、苏北，又屡屡重创日军，是位往来不败的英雄。

在战场令敌军闻风丧胆，私下里却是温柔又有才气的帅小伙，然而这位儒雅如周瑜的将军，身边却没有夫人小乔相伴左右，已经三十三岁的彭雪枫对于自己的终身大事也不上心，依旧孑然一身，为此他身边的好友可没少为他操心。远在重庆的邓颖超曾给他写信，欲当红娘。而彭雪枫却在回信中给邓颖超来了一个声明："特向大姊郑重声明，我个人的问题并未解决，也不打算解决。海阔天空，独来独往，岂不惬意？已经老了，已经老了！"

一个人单身久了，喜欢上独来独往的状态，也未尝可知，但身为将军的他戎马倥偬，日寇未灭，何以家为？恋爱成家，他又岂会不想，一时没有遇见对的人，不愿将就便也耽搁下来了。

有时候，我们会用大半生等待对的那个人，彭雪枫没有白等，他终身大事的问题，终于在 1941 年 5 月开花结果了。这距离彭雪枫回信给邓颖超发声明，仅仅过去了一年。当时彭雪枫作为新四军四师师长，奉命率领部队来到了位于津浦路东段的淮北地区休整待命，中共淮北区委书记刘子久和行署主任刘瑞龙，见彭雪枫都34岁了还是单身，便萌生了给他介绍对象的念头。单身久了对配偶的期许，随着时间流逝自然而然地水涨船高，一般人他肯定是不会接受的。

"二刘"为此精挑细选，多方查找，终于发现一个合适的人选，那人就是淮宝（今洪泽县）县委妇女部部长——林颖。

林颖当时21岁，留着一头干练的短发，人长得也十分秀气，又精干伶俐，很是讨人喜欢。这天，林颖来行署开完会后正打算返回，却被刘瑞龙叫住了。林颖以为刘主任有任务交代，未曾想，刘瑞龙开口就问她认不认识彭雪枫，对他印象如何？

林颖一时被问愣住了，脑子里突然蹦出一个颀长的身影，她面色一红，不假思索地对刘瑞龙说道："印象不错！"出于女儿家的娇羞，她不便从自己的角度考虑，赶紧列出了几条："一是待人真诚、亲切；二是对老乡、战士平等、尊重，没有干部架子；三是有文采，有水平，做报告从不念稿子，记录下来一看，就是一篇好文章。"

林颖见刘瑞龙不言语，心里打着小鼓，想了想又说起了老百姓对彭雪枫的评价，刘瑞龙见林颖没有停下了的迹象，摆了摆手，出言打断道："林颖同志，我可向彭师长介绍了你呀！"刘瑞龙的话一出口，林颖抬起杏眼怔了片刻，没过一会儿，一缕红晕爬上了她的脸颊，她赶忙背过身去，抚着心口，努力让心跳平静下来，她羞报一笑，没想到自己心底的秘密还是让刘主任发现了。

不知道刘瑞龙是否早就察觉出来林颖对彭雪枫有着不一样的情愫，才去向彭雪枫说媒的。不过可以确定的是，其实林颖早就认识彭雪枫了。

早在1939年11月，林颖刚刚跨进豫皖苏根据地的那个晚上，便和其他立志投身抗日战场的热血青年们一道，受到了时任新四军游击支队司令员兼政委的彭雪枫的设宴款待。

席间，彭雪枫兴致勃勃地同青年们握手，并询问了每个人的姓名。当彭雪枫走到林颖面前时，她没有想到，这位久经沙场的司令员竟是这般儒雅帅气。就在这目光接触的刹那，四目相对间，她便被彭雪枫展现的人格魅力所倾倒。不过，虽然林颖存了这份心思，但两人一个在津浦铁路以西的豫苏皖根据地，一个在津浦路以东的淮北地区，相见一面便匆匆分别，只能将这份心思深埋心间，在夜深人静时，翻将出来，细细品味相思的苦味。

对于此次的谈话，林颖从来就没有想过，她会与彭雪枫结为终身伴侣。

爱情与信仰

有人不信缘，但世间总有这般那般的巧合，有的人同在一城，却老死不曾相见，而有些人在兜兜转转中，再次相逢，为他们的故事增加一笔传奇的色彩。

1941 年 5 月的一天夜里，应中共中央的命令，消灭淮北地区的日寇，四师师长彭雪枫率领四师秘密跨过津浦路，来到了淮北地区，作为淮宝县委妇女部部长的林颖自然担负起了部分迎接工作。新四军与八路军是人民的军队，所到之处无不张灯结彩，面对淮北人民的热情招待，彭雪枫走上前对迎接的人群表示了感谢，一抬眼便看见站在人群前朴素又充满朝气的林颖，他走到她跟前伸出了手，林颖赶紧握了上去。

林颖对上彭雪枫带着坚毅、果敢、沉着的眸子，一种幸福感涌上了心头，她没有想到能再次见到他，在战场上，一刻的别离，都是未知，再想到刘瑞龙的话，林颖心里犯起了嘀咕，也不知道彭雪枫对她的印象又是怎么样的？

没过几日，刘瑞龙又来找林颖了，林颖对彭雪枫虽有爱慕之心，愿意嫁给他，想成为他的妻子，可是她并不想成为男人的附庸，想想自己初来根据地的目的，是为了抗日救国，如果嫁给了彭雪枫，是否意味着她要放弃自己的工作，从而失去了信仰？想到这儿，林颖便对刘瑞龙说道："刘主任，我还不太了解彭师长，等我们接触一段（时间），看看彼此感觉能否一致再说吧？"林颖表明了自己的态度，刘瑞龙也就不再说什么，他还没来得及找彭雪枫谈谈呢！

当天刘瑞龙就向彭雪枫表达了要为他说媒的意愿，又将林颖的情况和彭雪枫详细地描述，同时把林颖的一席话转述了一遍。不曾想到，彭雪枫听了之后喜出望外，他被林颖追求理想和信念的执着所打动。彭雪枫感到，或许林颖就是他追寻多年，渴望得到的终身伴侣。

他在屋内徘徊了许久，如果这世上真有一个人和自己的想法相同，为何不尽力一试呢？他回身坐在炕上，蘸满了笔墨，鼓起勇气给林颖写了第一封信："由于子久、瑞龙两同志的美意，使我们得有通信的机会……既然是'终身大事'，必然要格外慎重，正因为如此，我已经慎重了 10 年了。我心中的同志，她的党性、品格和才能应当是纯洁、忠诚、坚定而又豪爽……"

彭雪枫将自己的真心话和久久没有结婚的原因尽相告知，而林颖也没有辜负彭雪枫的一片赤忱，第二天，她便给彭雪枫回了信，将自己埋在心里的话全全倾注于笔端。这份爱应该是神交已久了，当彭雪枫读到林颖的回信时，已是深夜了，他一口气读完了林颖的信，特别是信中那句"我们的爱情，要抱着坚定的胜利的信心"触动了他许久未被撩拨的心弦，这一次的交谈在两人的心头瞬间绽放了爱情的火花。

二人写了又写，借着一封封书信恋爱，对于林颖之前的担忧，彭雪枫在写给林颖的第三封情书中，也阐述了自己的观点："决心是果断的具体表现，我俩应为我们的前途庆幸！方式虽由于'介绍'，然'爱'乃是由同志关系、政治条件、工作利益、双方前途，特别是性格与品质、相互印象等复杂因素而自然促成的，而逐渐浓厚起来的。尤其是在击破困难、排除波折之过程中而更会浓厚起来的。倘若'轻易'而成，当不会事后回味之深长吧？比如我们的事业，要不经过艰难缔造的奋斗过程，那么巩固和壮大的程度当不如我们愿望的那样伟大吧。自然也同样有花前月下，然而已不是卿卿我我了，而是花前谈心，月下互勉，为了工作，为了事业，为了双方的前途！"

彭雪枫是了解林颖的，也许林颖没有直面和他明讲她的担忧，但他知道林颖是不会为了爱情就会放弃自己的理想和工作，这样的女性是独立的，往往更具有人格魅力，这样的女性也是他彭雪枫想要的，比起美貌、地位，他认为身为伴侣更重要的是志趣相投，而这一点只有林颖一人做到了。

在陆续几封情书寄出后，彭雪枫相邀林颖，相约定于9月23日晚饭后在柏树林见面。

1941年9月23日晚上，林颖如约来到洪泽湖畔的柏树林，枝枝叶叶相覆盖，皎洁的月光下，彭雪枫修长的身子映在斑驳的树影下，林颖顺着他的目光走过去，原来他早就在那里等着她了。

林颖也不是扭捏的女子，与彭雪枫并肩行走，相谈正欢，在交谈中，彭雪枫向林颖讲述了他之前的爱情经历，林颖这才了解原来彭雪枫并不是没有爱过。他对她说，在他 17 岁的时候，家里就给他包办了婚姻，结婚的对象是邻村一位姓和的姑娘，他并不想与之结婚只好逃婚，没想到他的父母竟让他的表姐女扮男装，代他拜了堂。

那后来呢？她紧张地问。

彭雪枫笑了笑说，好在他坚持的彻底，与那位和姓姑娘分了手。

林颖暗暗出了一口气，看着彭雪枫的侧脸，想必接下来他要说的，便是他真正喜爱的女子吧。

没错，之后，彭雪枫便结识了学友李桂敏，他们经常在一起阅读进步书刊《新青年》《革命军》，探讨人生，还和同学一道参加了五卅运动、北平南苑暴动等著名的学生运动，从革命友情升华为爱情，1929 年在北平离别时，他们相约革命胜利以后再结婚。

第二年彭雪枫参加了红军，数年的南征北战，他与李桂敏失去了联系。等到 1937 年 6 月彭雪枫被组织派到北平时，才得知李桂敏早已患病离开了人世……

说完，彭雪枫望着林颖在月光下越发柔美的脸庞，小心翼翼地询问："裕群（林颖原名周裕群），自从与你通信后，我就越发喜欢你了，我一直盼望能与你在一起，有你在身边，生活就充实多了，我的后半生是幸福的……"彭雪枫这番话，也算是表白了，林颖又岂会不欢喜？只是想到自己日后的际遇，又不免深深忧虑，她垂下头，抿了抿双唇，她想如果不把话说开，日后就算在一起，也不会开心的，想到这她还是开了口："师长，我心里有顾虑。"

"顾虑？"彭雪枫急忙追问道，"什么顾虑？"

"你对我的生活经历不了解……"林颖望着月亮，深吸了一口气，将自己的想法一股脑儿的倾倒了出来。

她说："我出生在湖北一个资本家的家庭，从小受到家庭生活环境的熏陶。12岁那年，父亲患病离开了人世，母亲承担着家务，供我上学读书。在初中读书时，我阅读了巴金的《家》和邹韬奋主编的《抗战》三日刊等书籍，受教育颇深，便大胆地走向街头演戏宣传抗日，揭露日本鬼子的罪行，差点被鬼子的飞机炸伤。母亲不放心，便把我关到了乡下，叫我找一个有钱的少爷早日结婚，好好过小日子。可我不愿意过碌碌无为的生活，我有爱好，有追求，我要救国救民。于是，我偷着跑到了学友家中，后来加入了中国共产党，参加了钱俊瑞领导的文化工作委员会第二文化队。这个队解散后，我奔赴竹沟新四军留守处。不久，我和几位男青年奉命来到了你的身边，在敌后斗争中锻炼成长。两年来，有个同志多次向我表示了爱情，我既没有答应他，也没有坚决拒绝他，仍然保持着同志关系。这次刘主任找我谈话时，我就很矛盾。就我自己而言，我爱你的品质和才能，可我担心和你结婚会影响我个人的发展，并害怕人们对我过分挑剔。"

听完林颖的诉说后，彭雪枫不仅不气恼，更加认定林颖就是他要寻找的伴侣，他告诉她，他们是为了实现革命共同的目标而相遇，即便结为终身伴侣，他也会尊重她的独立人格的。而且他让她放心，并告诉她，对追求过她的同志，还要保持着同志的友谊。

这份革命战场上来之不易的爱情终于在 9 月 24 日有了结果，这也是淮北丰收的好时节。这天下午，彭雪枫的"洞房"里挤满了人，大家都向这对战地情侣频频祝贺，彭雪枫更是用自己的津贴和稿费买了些糖果、香烟，热情地招待着这些前来"闹洞房"的人们。

思念君如满月，夜夜减清辉

新婚的日子才过去三天，夫妻二人不得不面对分离的事实，对于投身革命的战士来说，爱情固然可贵，但信仰却是无可替代的，对于林颖来讲更是不消说，婚后第三天，她就离开了四师师部的驻地半城，返回淮宝县的工作岗位上去了。

虽然从半城到淮宝，只隔一个洪泽湖，也仅仅只有十多个小时的水路，可是在蜜月中，这对新婚夫妻谁也没有过湖探望对方。他们明白，两情若是久长时，又岂在朝朝暮暮。他们都有独立的人格，在各自的岗位上实现自己的价值，一方面又耐不住相思之苦，继续借鸿雁传信，在信中抒发着心中真挚的情感。

　　时间很快就跨入了 1942 年 1 月，一天，彭雪枫收到林颖的来信，说她 1 月 28 日这天要返回师部，他欣喜异常，不禁激动地把信紧紧握在了手中。

　　这天刚一亮，彭雪枫就出了房间，早早地来到码头上等候了，等待的日子并不好过，不过带着期待的希冀，相爱的双方见面后，更会珍惜彼此相见的时刻。等了好久，彭雪枫突然发现林颖竟站在一艘渔船上向他挥手，望着渔船上穿着单薄的妻子，彭雪枫也大力地挥起右手，当船刚靠岸，林颖像离弦的箭飞一般向彭雪枫跑去，彭雪枫拥住怀里的妻子，为她擦拭着眼里的泪花，动情地安慰着她："我知道你我并不因之而有所怨尤，这是为了抗战事业，大时代的青年、革命夫妇，是不足为怪的。这是你经常劝勉我的话，我早已铭刻在心啦！"

　　夫妻二人在洪泽湖畔却话巴山，看着湖面上波光粼粼，金风玉露一相逢，便胜却人间无数，两人相视一笑，携手迈步返回了四师司令部。

　　在师部的日子里，他怕她待得烦闷，给她讲黄桥大战时敌我态势变化的战事，带她去看当地的名胜古迹，他还为她唱了一首《黄桥烧饼歌》。这样的将军何人能不为之倾心？上马能战，下马又为妻子写信唱歌，虽历经沙场铁血又不失浪漫。除了工作与陪伴林颖，彭雪枫还得抽空修改他写的关于津浦路西三个月反顽斗争战术的经验教训文章，而妻子林颖每夜都陪伴丈夫到三更时分，她知道相处的时间不易，她更要倍加珍惜。

就这样，夫妇二人度过了结婚之后最美好的十天，2月7日清晨，夫妻二人相顾无言，彭雪枫帮妻子收拾好行李，将行李背在身上，出门时，林颖伤心地说道："当我与你离别时，心里总感到孤单、忧郁。让我再坐一会儿吧，我真不想离开你。"

"为了工作，就别再坐了，我送走你后还要送走苏北受训的同志。我期待着'大除'之日返回。"林颖见丈夫还要忙于工作，不忍他辛苦，也不想成为他的牵绊，她还是含泪点了点头，两人难舍难分地走向了半城码头，他们相信这一次的分别，是为了下一次更好地重逢。

时间过得也快，一转眼便到了1944年。

这一年的7月25日，党中央决定派四师向河南敌后进军，收复失地，拯救中原人民。接到命令后，彭雪枫将一切安排妥当后，直到8月14日才回家看望留在津浦路东做地方工作的林颖。

彭雪枫推开房门一看，发现林颖脸色苍白地躺在床上，赶紧坐在床边摸着她的肚子，心疼地说道："你身怀有孕，要注意节劳！"林颖握着彭雪枫的手，不想他离开，彭雪枫拉过林颖的手，叹着气安慰道："裕群，你听我说，'家如夜月圆时少，人似流水散处多'。战争年代如此，全国胜利后也不能全家整天在一起，那时我们的战斗任务将更艰巨，祖国需要我们去建设。再说，这次离别，等到我们返回路东时，你将锻炼得更坚强！"

可是谁也未曾想过，这一次分别，竟成永别，而这一别便是一生，他带着未完成的家国情怀，离去了，在生命的最后一刻，藏蓝的天空里慢慢地浮现她的脸庞，他躺在殷红的土地上，挂着惨淡的笑，对不起了，裕群！这次我不能陪在你身边，看着我们的孩子出生了。

于嗟阔兮，不我活兮。于嗟洵兮，不我信兮。

1944 年 9 月 11 日，彭雪枫在河南夏邑八里庄的战斗中不幸牺牲……

周苏菲・马海德：
永不褪色的红色恋人

他称呼我"妹子"，我称呼他"马"。彼此这一叫，就是一辈子。

——周苏菲

1935 年，15 岁的周苏菲为逃避包办婚姻赴上海，经友人介绍加入中国"左联"领导的话剧艺术供应社。1939 年，到达延安，进鲁迅艺术学院学习文学和戏剧。年轻的周苏菲不会想到，她在延安遇见了一生永不褪色的恋人。

周苏菲的恋人便是"首位加入新中国国籍的外国人"、毛泽东的保健医生马海德。

首位加入中国共产党的西方人

马海德，1910 年 9 月出生于美国北卡罗莱纳州的一个阿拉伯裔美国工人家庭，原名乔治·海德姆。他家境贫寒，学习成绩却优异。年少的马海德还对许多同龄人觉得晦涩难懂的书籍颇有兴趣，大概他对古老而又神秘的中国的喜爱就是这段时间培养来的吧。

23岁时，马海德刚获得日内瓦医科大学的医学博士学位，美国就出现经济大萧条。马海德出于对中国的向往和考察东方流行病的需要，与两位同学一起乘船来到上海，并合开了一家西医诊所。一年后，他的两位同学相继回国，而马海德选择独自留在中国。

那时的中国已经不像马可·波罗描绘得那般好，军阀割据、日本又占领了东北，蒋介石却执着"攘外必先安内"的政策一意孤行，对日本军国主义不抵抗，那时候中原的大好山河尽皆沦陷，满目疮痍。

为了解决陕甘宁边区缺医少药的情况，以及蒋介石对共产党一味丑化的问题，毛泽东准备邀请一位医术高超的外国医生和一位具有职业操守的西方记者，将在陕北的所见所闻如实地向全世界进行报道。

宋庆龄经过审慎考虑后，将马海德和埃德加·斯诺介绍给了毛泽东。马海德能够欣然接受毛泽东的邀请，其中就不得不提起史沫特莱和路易·艾黎。

史沫特莱和路易·艾黎与马海德相识在上海市淮海路的一家书店。在中国，经常逛书店的外国人并不多，马海德却总在上海市淮海路的一家书店流连。他的中文并不是很好，既然下定决心留在中国，自然要学好中文。他随手拿下一本康熙字典，抬眼就看见两个同他一样的外国人，独在异乡为异客，三人自然而然地熟络起来。

自从那次巧遇后，史沫特莱和路易·艾黎常常向马海德介绍中国的发展现状，告诉他中国共产党为改变现实而作出的不懈努力。马海德被深深地震撼了，他想起前不久美国的那场经济危机，多少人因此失业而选择自杀，他沉浸在对社会主义共产主义的设想里，他想若人人都能因此健康而富有，他愿意为此奋斗一生，亲眼看着这个伟大构想的实现！此后，马海德主动参加了由史沫特莱和路易·艾黎共同组织的马克思主义学习小组。渐渐地，马海德的诊所也成为共产党人开会的秘密场所。

1936 年 6 月，马海德和斯诺分别从上海和北京出发，在西安会合，并以半张 5 英镑的钞票为暗号，同延安派来的红军联络人取得了联系。在红军联络人的指引和张学良将军的鼎力相助下，马海德和斯诺通过了国民党部队的重重封锁，到达红军驻地陕西保安（今志丹县）。

随后的日子里，毛泽东向两位来自西方的客人讲述中国共产党的发展壮大历程，讲述了红军二万五千里长征的伟大创举，并亲手书写了一首七律诗《长征》赠予他们。

此时此刻，马海德难以抑制内心蓄积已久的革命豪情。他毫不犹豫地接受了毛泽东的重托，决心全力以赴改善边区医疗条件，并对建立医科大学进行前期考察调研，提出具有操作性的建议。

据马海德的儿子周幼马说："斯诺完成他的采访后，当年从陕北前往北平开始《西行漫记》的写作。而我父亲决心从此永远留下来，把中国人民的事业当作他自己的事业、自己的生命。"

此后，马海德提交了一份关于红军和陕甘宁边区医疗卫生工作的详细报告，这份报告受到毛泽东的高度评价，当即委任其为部队卫生部医疗顾问。红军从保安转移到延安后，马海德像当初用毛驴驮着药箱北上延安时一样，不顾简陋的医疗条件，破旧的卫生设施，骑着马背着药箱进村入户送医上门。每到晚上，还要在新华社办公的窑洞里帮助廖承志用英文定时播发新闻，并用英语做口语广播……

心中有信仰，自然一切水到渠成。

1937年2月，马海德申请加入中国共产党，成为一名预备党员。次年2月，他被正式批准为中国共产党党员，成为首位加入中国共产党的西方人。

美国"马"恋上中国"妹"

1939年，19岁的周苏菲因积极宣传反内战，上了国民党特务的黑名单，为了安全，地下党组织将她送到了延安。刚到延安不久，周苏菲就进入"鲁艺"上学。

刚来到陕北的南方姑娘，没过多久就出现水土不服的现象，对故乡的思念加之身子不适，在静谧的深夜愈发难以入睡。周苏菲是这样描述自己刚到延安时的状况："我到了陕北以后水土不服，重感冒，发高烧，鼻子不通，夜里不能睡，就去找医生。"

她推开医务室的门，苏菲见到了大家都在相传的美国大夫马海德。这是她第一次邂逅马海德，她这样描述他："他穿着旧灰布军装，打着绑腿，胡子拉碴，但很帅气，除了高鼻子大眼睛之外，和那久经沙场的红军战士没什么两样。"

不知道这一次的见面，两个人内心有没有泛起一丝波澜，随后相处的一年里，他给她开药，特别细心，比如点鼻子的药，配了两瓶红色和绿色的药水，不知道他从哪里找到一张很漂亮的信纸，歪歪扭扭写了几个中国字，希望她赶快恢复健康，恢复美丽的笑容。

苏菲说："他是个很温柔的人，有知识，儒雅，打球、跳舞，什么都会，还非常尊重人。"

马海德的细心赢得了苏菲的关注，她开始了和马海德的更多接触。苏菲很美，追求者自然很多，马海德虽然成为了中共党员，但毕竟是美国人，文化习俗上总会有些分别。随着时间的推移，二人消除了文化上的差异，周苏菲终于向马海德敞开了心扉。一年后，周苏菲成了马海德的妻子。

那年马海德三十岁，周苏菲二十一岁（虚岁），于 1940 年 3

月 3 日登记结婚。下面还有证婚人、主婚人姓名,结婚证上还盖了边区政府的大印。当工作人员把证书交给他们时,马海德小心翼翼地接过来。结婚证是两联的,应撕开男女各保存一张,可是马海德不让撕开,他对苏菲说:我们一辈子也不要分开!

那一天,在延安一家饭馆里,周苏菲与马海德举行婚礼。毛泽东、周恩来闻讯而来,也频频举杯为新郎新娘敬酒。

仅仅一年,二人走完了相识相知相许的路程,革命的爱情往往都是发生在不经意的瞬间,在心底种下爱的种子后,迅速地开花结果,不是不愿意享受爱情的你追我赶,而是不敢等,也等不起⋯⋯

战场上,稍稍地望向别处一眼,你就已经不在,留下一具带着鲜血余温的尸体。我还没有好好地看你,还没有和你结婚,你就这样走了,还走得这么的彻底⋯⋯

这是所有参加革命者的真实写照,这样的场景发生在每个上过战场的人的眼前。马海德更是作为战地医生,这样的生离死别,他比任何人都要看得多,看得真切。

婚后的生活很简单,马海德一直在医疗战线上忙碌,他负责在延安筹建了陕甘宁边区医院,无论谁找他看病,马海德都会尽心医治。苏菲则回到鲁艺继续学习。

战争年代,唯有每个周末夫妻二人才可以短暂的团聚一下,过礼拜六成了延安夫妻团聚的代名词。苏菲说:“每到周末,我们就在家里招待好朋友，当时边区一个家庭一个月才一点肉，大家就把肉凑在一起，做一脸盆米粉肉，我们还会在空地的柱子上挂上煤油灯，天黑了大家就跳交谊舞，非常快乐。"

这样的日子充实又快乐，是多少革命人期盼却不敢奢望的呢？

相濡以沫的红色恋人

周苏菲开始与马海德携手，毛泽东高兴地称马海德为中国女婿。

后来，马海德与苏菲生了一个儿子，取名"周幼马"。马海德习惯叫妻子"妹子"，而周苏菲叫丈夫"马"。周是苏菲的姓，"幼马"则是"一匹小马"的意思。

延安老百姓为感谢马海德治病之恩，送给幼马一个可以吹响的小泥人——这是陕北民间常见的儿童玩具。

那时在延安，好多人不管婚否，都住宿舍，一到星期六，成家了的才回家团聚。不少人派警卫员牵匹马去接老婆，偏马海德不乐意。每次，他都骑匹枣红马到鲁艺。到门口，马往柱子上一拴，抱起早已等着的妻子，往马背上一放。在延安，几乎每个人都见过马海德搂着苏菲，合骑一匹马经过延河边的情景。马海德在延安结婚生子的消息，通过美军观察组带到了马海德美国的家里，家人高兴极了，也通过美军观察组带来好多东西。马海德带着妻子和儿子见到了阔别 30 多年的父亲。这时的马海德已从一个风华正茂的青年学生，变成了一个年过半百的中年人。他爱父亲，也爱自己在中国的家。

新中国成立后，马海德被任命为国家卫生部顾问，可他仍然坚持每周到北京协和医院看门诊和参加会诊。高鼻梁、深眼窝的特点，暴露了他这个美国人的身份，而一口流利地道的汉语，则成为他这个"土生土长"的中国人的标志。每当患者问他是哪国人时，他总会充满自豪地说："我是个中国人！"

1949 年 10 月 1 日，开国大典在北京举行。经历了 13 年战争洗礼，心情异常激动的马海德立即向有关部门申请加入中华人民共和国国籍。1950 年，经周恩来亲自批准，马海德成为首位加入新中国国籍的外国人。

加入中国国籍后的马海德，更将自己投身于对中国的麻风病治疗和控制当中，要知道在当时的医疗条件下，得了麻风病，相当于被判了死刑一般。马海德带领医疗队走遍全国，在他的努力之下，全国范围内麻风病得到了有效控制。

苏菲说，她的丈夫是真心爱中国的。

其实不用她表述，关于马海德对中国的热爱，世人皆知。

到了 1986 年，中国的麻风病患者已从 1949 年的 50 万人减少到 7 万人，马海德曾经提出中国要在 2000 年基本消灭麻风病，怎奈自己身患癌症，他的伟大设想实现了，而他却没有亲眼见到。

医者不能自医，这是世上最令人遗憾的事情，纵使我妙手回春，却不能挽留自己，在你身边多停留一刻。

1988 年，马海德患癌症去世。

马海德逝世后，亿万中国人民沉痛地哀悼他，深情地怀念他，国际社会的友人纷纷发来唁电悼念。在无限悲痛的人们当中，与马海德同甘共苦、相濡以沫四十八年的革命伴侣周苏菲最为撕心裂肺。

这个人漂洋过海来到她身边，看到她第一眼从此再无旁人，看她精神恹恹，想方设法弄来信纸，将说不出口的话写在上边，是安慰亦是情书，几十字，胜过千万封，那些年他们执笔写下的字，多年来依旧萦绕心间，不敢遗忘。

马背上有着昔日两个人的身影，他长衫玉立，将她深深抱起。那一次就是一辈子，那身影化作永恒。故人已去，生者最痛。生时共榻，死后亦与你同穴，漂洋过海的缘分，多年前凝集，又在此刻升华为空气，似是不见，却永生不得脱离。

四十多年来，他们相互体贴、相互关心、相依相伴。遇到困难，他们相互激励，共渡难关；有了成绩，他们不骄不躁，共享欢乐。他们真正是珠联璧合，心心相印，堪称一对情真意切的革命夫妻。

1989 年，苏菲捐出 3 万美元，到民政局注册成立了"马海德基金会"。马海德基金会成立后，苏菲这位当了大半辈子电影编导的离休干部又拿出当年离家投身革命的劲头，义无返顾地干起了丈夫未完成的麻风病防治事业。

几十年了，她的家一直没动，她不敢搬家，怕他找不到回家的路。她觉得他好像又出诊去了或者是出差去了，并没有真正的离去。他的苏菲一直在等他，他又怎么舍得离开呢？

伸手只要一瞬间，牵手却要一辈子，你可曾知道，曾医衫彬彬，博览群书，冥冥之中的大洋彼岸，月老早已悄悄牵好了红线，呢喃一生爱你，执子一世偕老，那一位秀美的中国女子，原来就是你爱的一生。

第四章
此情可待成追忆

一封封泛黄的情书静静尘封着，散发着浓郁的墨香，似在向我诉说着一百年前的往事，君不知晓，我心悠悠。我们都是红尘里的过客，在最美好的年华遇见对的人，因为惦念，所以不安，因为想念，所以伤感，因为远游，所以留恋。

金岳霖·林徽因：
万古人间四月天

一身诗意千寻瀑，万古人间四月天。

——金岳霖

这幅挽联，是金岳霖在葬礼上送给林徽因的，他说她，一身涌现的诗意如千寻瀑布那样飞扬绵长。1955 年 4 月 1 日，似乎上天给众人开了一个玩笑，一代才女林徽因彻底地离开了爱她的丈夫，思慕她的男人，在她笔下最美的四月，留给人们无限追思。

蕙质兰心的名媛淑女

有这样一位女子，巧笑倩兮，美目盼兮，立身于一池荷花的凉亭边，宛若仙子，在水一方。

有这样一位女子，文思敏捷，文采风雅，坐能执笔书写美文美章；走能遥路万里，策马飞扬。

有这样一位女子，每每遥忆，心思荡漾，令回想之人，勾起弯弯的嘴角。

有这样一位女子，她是人间的四月天，是四月的波光，在人心头荡漾。她是爱，是温暖，是四月里的蒲公英，带着希望。

她就是这样的一位女子，她的名字唤作林徽因。

提到她的名字，并不会令人陌生，她是建筑学家梁思成的妻子，徐志摩是她的初恋，"清华三荪"之一的金岳霖为她终身不娶。她出生在一个富有传奇色彩的年代，在这个年代留下名姓的女人，都曾有传奇的一生，或喜或悲，或爱或恨，似乎上帝对她是偏爱的，将一切美好都赋予了她，从此人间的四月，成了她一人的四月天。

世上有一种最为说不清道不明的特质，叫缘分。那年的六月，她出生在浙江的杭州，这个时候的江南也该入梅了，窗外的雨淅淅沥沥，流淌在青色带着苔藓的瓦片上。她咿咿呀呀地望着窗牖，被母亲抱在怀里走进了内室。这一年，金岳霖9岁，徐志摩7岁，梁思成3岁，他们彼此还不相识，等待某一天，缘分让他们相遇。

一开始，她的"因"并不是因为的因，而是音乐的音，《大雅·齐思》有云："大拟嗣徽音，则百斯男。"为她取名之人，寄希望她成为一位拥有美誉的女子。林徽因也人如其名，不负众望，不仅才气名扬四方，又得到了许多才情男子的爱慕。

　　林徽因长成了名媛，修成了淑女，蕙质兰心的背后也有一段不为人知的心酸。她很少提及自己的童年，常人都说，童年时发生的痛苦往事，将会影响孩子的一生，林徽因的家庭也并不像众人描绘得那般好。

　　她的母亲何雪媛是林长民的续弦，嫁到林家的任务也只是传宗接代，她为林家生下两个男孩，却都夭折了。没过多久，林长民便又娶了一位妻子程桂林，此后林徽因和她的母亲被撵到了后院，前院承欢，后院凄清。

　　夏尽秋至，冬去春来，幼年的林徽因漫步在院子里，看树木的叶子黄了又绿，看墙角的寒梅败了又开，日日夜夜周而复始，她爱自己的父亲，却怨他对自己母亲的无情；她爱自己的母亲，却又恼她不争气。这个半封建家庭中扭曲的人际关系，深深地烙印在她的精神世界里，一次又一次地伤害她。

　　好在家庭的痛苦并没有让林徽因变得消沉，她依然是六月西湖中最优雅的白莲，出淤泥而不染，濯清涟而不妖。当四月艳阳，她独上莲舟，迎风而立在漫天花雨里，上演一场属于她自己的人间花事。

陪伴是最长情的告白

　　很多人说，男女之间并没有真正纯粹的友情，所谓的"蓝颜"

不过是对情感无以言说的借口罢了。有的人相爱却不能爱，有的人想爱而得不到，只得借一个尴尬的朋友身份，留在她身边。

相对于徐志摩的浪漫、梁思成的沉稳，金岳霖对林徽因的爱更令人为之感动，他用一生诠释了什么叫作陪伴是最长情的告白。

很多人对梁思成、徐志摩都很熟悉，对金岳霖却知之甚少，其实若论才学，金岳霖并不比这两位差。张申府曾评价他说："现在中国如有个哲学界的排名，第一人便是金岳霖先生。"那时的中国，也只有三四个分析哲学家，而金岳霖是当之无愧的第一。

说起林徽因和金岳霖的相遇，还要追溯到1931年的北平，徐志摩向好友金岳霖说起了他曾经的挚爱林徽因，后来林徽因和梁思成的沙龙聚会，金岳霖便成了常客。

林徽因的才学和气质，深深地吸引了金岳霖，虽然那时林徽因已经结婚三年，金岳霖还是无可救药地爱上了她。梁思成于林徽因的爱是青梅竹马式的，林梁两家是世交，郎骑竹马来，绕床弄青梅；徐志摩的感情来得迅速而强烈，是"有美人兮，见之不忘，一日不见兮，思之如狂"的执着。只有他的爱，超越了激情和占有，不负她如花美眷，却误他似水流年，即便年华老去，他依然在她身边不离不弃。

世间女子，有几人能这般幸运，得到三种近乎纯粹的爱。不计后果只为伊。

　　其实对于金岳霖的爱，林徽因并不是没有动心过，在 1931 年的香山，梁思成从外地回来，一进屋便见林徽因愁眉地坐在椅子上抱肩思索，她对梁思成说："我苦恼极了，因为我同时爱上了两个人，不知道怎么办才好……"

　　林徽因也真是大胆，直言自己爱上了金岳霖，而梁思成也是君子，并未责怪，即便痛彻心扉他也没有说一句话，一夜未眠。第二天，他对林徽因说："你是自由的，如果你选择了老金，我祝愿你们永远幸福。"

　　这两个男人无异于民国年间的翘楚，胸襟似海，难怪林徽因难以抉择。不过就在梁思成给她答复的那一刻，林徽因下了决心斩去情思，一心一意和梁思成厮守。记得梁思成曾在结婚前问林徽因，为什么选他？林徽因曾这样回答他："她说答案很长，我得用一生去回答你。"或许就是因为梁思成对爱情的那份尊重与包容吧。

　　后来，林徽因将梁思成的回答讲给金岳霖听，金岳霖慨叹："看来思成是真正爱你的，我不能伤害一个真正爱你的人，我应该退出。"

　　此后三人终身为友，林徽因与梁思成偶有争吵也请金岳霖作为评判，金岳霖从此也过上了毗"林"而居的日子。

　　林徽因和梁思成一直以研究古代建筑为己任，为了精确读取数据，两人时常在屋顶上上下下。金岳霖闲来无事，看着满头大汗，和风景渐融一体的两个人，灵机一动，编了一副非常知名的对联：

"梁上君子，林下美人"。

梁思成听了，甚为认同，看着建筑上的栋梁："我就是要做'梁上君子'，不然我怎么能打开一条新的研究道路，岂不是纸上谈兵了吗？"林徽因看着梁思成眉飞色舞的样子，努了努嘴："真讨厌，什么美人不美人，好像一个女人没有什么可做似的。我还有好些事要做呢！"话音刚落，三个人相视而笑。

一身诗意千寻瀑，万古人间四月天

以后的岁月里，金岳霖始终在她身边默默相随，有人说学哲学的男人认死理，遇见一个爱上了，纵使身边的色彩再多，也不会去看一眼。让人想起元稹《遣悲怀》中的："取次花丛懒回顾，半缘修道半缘君。"只不过元稹并未做到，亡妻死后不久，便恋上了薛涛，而金岳霖却用一生去完成一个他从未说出的诺言。

林徽因是无可替代的，她如朝露，如尘霞，如南山的秋菊，如北岭的梅花，一枝一叶，一物一情，举手投足也是风华绝代，她的才学文思，气质风雅，细细数来竟无人能望其项背。

再后来，林徽因渐渐缠绵病榻。在她香消玉殒的那一天，他也丢失了自己的魂魄。适逢一个学生走进他的办公室，看见沉默地坐在那里的金岳霖，叫他他也不应。半晌，才低低地说："林徽因走了！"语毕，如孩童般号啕大哭，全然忘记了周遭，忘记了身份，如果这世上没了她，世界也就没有了颜色。

许久之后，他才收起了眼泪，却仍旧坐在椅子上一言不发，良久他挥毫泼墨，为他挚爱一生的女人，写下了一副挽联："一身诗意千寻瀑，万古人间四月天"。

伊人已逝，望着她仿若熟睡的脸颊，他终于明白何谓"咫尺天涯"。

多年后的一天，金岳霖邀请一众朋友到著名的北京饭店赴宴，没说任何理由。开席前，金岳霖缓缓站起来，说："今天是徽因的生日。"众人唏嘘，是啊，只有他不会忘记。

他称梁思成为君子，他又如何不当"君子"二字？他是君子和才子的结合，护了她一生，守了她一世，独独辜负了自己的韶华。他们不曾携手，既不曾花前月下，也没有海誓山盟，却只有他对她念念不忘。

在生命走到尽头时，一位朋友来看他，给他带去了一张林徽因的旧照，他布满皱纹的手，颤颤巍巍地接过。摩挲着照片中林徽因年轻的脸庞，他目光一下子变得宠溺，他将她的照片紧紧握在手里，像孩子遇见糖一样对朋友说："给我吧！"

思念是一场永不终结的情事，如同一幕最盛大的戏，只是开场与落幕，都与你无关。

张爱玲·胡兰成：
喜欢一个人，会卑微到尘埃里

见了他，她变得很低很低，低到尘埃里。但她心里是欢喜的，从尘埃里开出花来。

——张爱玲

在上海静安寺路赫德路口 192 号公寓 6 楼 65 室的门口，一个中年男子，在吃了闭门羹后仍不死心，从怀里掏出一张字条，上面写了他拜访的原因和电话号码，希望可以见到他爱慕已久的张爱玲。

而这人，也许张爱玲自己都没有想到，会和他纠缠一生。

人淡如菊的女才子

喜欢张爱玲，不是一时一刻了，她的名字涵盖了大半个民国，她的文字流传了大半个世纪，她的身影蹁跹了爱张人的梦境，数夜梦回，心向往之，她就站在烟雨里清凌看着，眼中似有泠泠的泪花。

此后思卿空断肠，至今寤寐不能忘。

她颦，她靥，她生如夏花之绚烂；

她忧，她愁，她死如秋叶之静美。

在青砖瓦的沧桑里，拂去岁月风的痕迹，若生命是一件华美旗袍，她以心为锦，以血为线，在生命的长河里，走过一场凄风冷雨；在命运的拨弄下，历经一段传奇人生。

回首张爱玲的一生，没来由想到一首诗，郑愁予的《错误》："我打江南走过，那等在季节里的容颜如莲花的开落。东风不来，三月的柳絮不飞。你的心如小小的寂寞的城，恰若青石的街道向晚。跫音不响，三月的春帷不揭。你的心是小小的窗扉紧掩。我达达的马蹄是美丽的错误，我不是归人，是个过客。"

我们都曾是红尘中的过客，辗转流浪在不同的地方，烟霏云敛，山川寂寥，当秋风里的霜叶零落，才知秋天已至，天气转凉。于张爱玲来说，她便是出生在这清冷的初秋，一落地骨子里便带着寻常女子不常有的刚毅，若林徽因是一朵温婉的白莲，而张爱玲便是一朵傲骨的秋菊，同样都是才女，张爱玲却比林徽因更令人心疼。

她生在没落的贵族家庭，李鸿章是她的曾祖父，了解张爱玲的人都知道，她父母离异，父亲张志沂又时常打骂于她。一次她在母亲黄素琼家暂住，后母孙用蕃甚是不满，张志沂一怒之下，将张爱玲一关便是半年，甚至她得了痢疾，张志沂也不给她请医生。没人知道此刻她有多恨，那时的她对生活已经感到绝望，她曾说："希望有个炸弹掉在我们家，就同他们死在一起我也愿意。"

这样痛苦的童年经历，多多少少影响了她的创作，那时候没有英雄来救她，她也从不存清谈妄想，她的小说大多是反传奇的，没有英雄，人物也是小奸小坏，这样的人往往更贴近真正的人。她别具一格的文风，一出现便是洗尽铅华，她的出现冲击了五四新文化运动以来两极对立的模式。

《万象》的主编柯灵曾回忆说，他第一次见到张爱玲时，她穿着色泽淡雅的丝质旗袍，手里拿着小说的手稿，从容优雅地走来，一如张恨水笔下的穿着民国学生装束的女学生，如墨的眉心，似有化不开的忧愁。

她说："如果我常用的字是'荒凉'，那是因为思想背景里，存着惘惘的威胁。"这悲凉、残酷、冰凉的文字，也恰恰印证了张爱玲生命的色调。

她高冷如寒梅，傲骨似秋菊，在流光溢彩的民国里也有一道属于她自己的光彩，我曾想过这样的女子，究竟会为了什么样的人而心动？在民国里又有什么样的人能与之相配？暖化她坚冰一样的心？想想胡兰成，我突然明白了，越是高傲的女子，往往更能低到尘埃里去，一如张爱玲。

为爱卑微到尘埃里

张巍曾说："每一场爱情，都是为了举着灯，和自己相似身影的人相逢。喜相逢过了，就别怕伤别离。"也许爱过，所以懂得，因为懂得，所以慈悲，终究是张爱玲对胡兰成狠不下心肠，读完他们的故事，绝大多数人都会认为胡兰成对不起张爱玲，他花心、他朝三暮四，处处留香。

也许每个男人都乐于扮演一个优越地无奈着的薄情郎。一句"对不起"，说的时候也许难以启齿，多年之后，总觉得没有这么句台词，人生少了点什么。

这样的人古来不乏有之，如元稹、如李益、如冒辟疆，各个薄情又多情。

说回张爱玲与胡兰成的结识，也称得上以文会友了。1944年的南京，春意盎然，柳枝抽芽，在一座庭院的草坪旁，有一个中年男人坐在此处，拿起手边的杂志胡乱地翻阅，不多时他翻阅的手指突然停住，目光停驻片刻后又坐直了身子，随后又将杂志翻过去，细细地读了一遍又一遍。

这个男人就是胡兰成，他读的小说就是张爱玲的《封锁》。

因文章而起爱慕，胡兰成也不失为一个浪漫之人，他在张爱玲的世界中一出场，有色的汪伪政府的扮相就从未褪去过，也许是他对张爱玲太过薄情，绝大多数人对他的身世经历都不曾深究，与张爱玲的高贵出身不同，胡兰成出身清贫之家，自幼吃过很多苦，宁汉分裂后，他正在南京养病，就这样两个本不应有交集的人，因文相知，因文相恋。

突然想到张爱玲在《爱》中的一句话："于千万人之中遇见你所要遇见的人，于千万年之中，时间的无涯的荒野里，没有早一步，也没有晚一步，刚巧赶上了，没有别的话可说，惟有轻轻地问一声，噢，你也在这里？"他和她也就在因缘际会的红尘中，巧合地相遇了。

张爱玲的脾气秉性，作为编辑的苏青是明白的，苏青在信中也告诉过胡兰成，张爱玲从不轻易见人，胡兰成也不气馁，虽然未能见到她本人，还是为她写了一篇极尽夸饰的文章《评张爱玲》，最后一句胡兰成直接搬出了鲁迅，直言："鲁迅之后有她，她是个伟大的追求者！"

不久之后，胡兰成收到了苏青寄来的杂志《天地》，上面不仅刊登了张爱玲的文章，还有她的照片，民国时代的才女，也是美女，她翦水的秋瞳，远山的黛眉，飘逸的文思，无一不吸引着胡兰成的神经。身为作家的张爱玲对待读者胡兰成的来信，态度似乎有些傲慢，不回不理，不过她这样的傲慢态度也得有与之相配的身份，要不只怕被那些五四运动时期的作家讥讽猖狂。

此时的张爱玲，正享受着《传奇》《流言》等作品给她带来的巨大荣誉之中，她也因此被誉为"民国世界的临水照花人"。

等到胡兰成一回上海，便迫不及待地向苏青寻要张爱玲的地址，第二天就去了张爱玲所在的静安寺路赫德路口192号公寓6楼65室，面对如此疯狂的粉丝，张爱玲依旧是不见不理的态度，胡兰成理所当然的吃了闭门羹，他想了想也觉得这次见面有些唐突，翻出了纸笔，将他的来意、住址、电话尽数写于纸上，弯着腰从门缝里塞了进去。

张爱玲捡起落在地上的纸片，嘴角浮现笑意，"原来这个人就是胡兰成。"想必他那篇夸饰张爱玲的文章，被本尊看了去，不然以胡兰成那点名气，哪里能入得张爱玲的耳？笔者一直认为，如果没有张爱玲，胡兰成岂会被人所知？一个男人百年之后，却依靠一个女子闻名于世，不免让人瞧不起。

出于礼貌，第二天张爱玲还是给胡兰成去了电话，既然胡兰成来拜访过她，她也需还礼，她在电话里告诉他，不久就到。

这世上，偏有一种人阅尽沧桑，却走不出风花雪月的诱惑，很多人不明白为什么24岁的张爱玲会爱上38岁的胡兰成，没有资料佐证，张爱玲也没有说，大胆猜测，也许是和张爱玲童年缺失父爱有关吧！两个人一见面便开始了五个小时的促膝长谈，从品评时下最流行的作品，到张爱玲每月的稿酬收入，思想的极度密合，他们很快地擦出了情爱的火花。

天色渐晚，张爱玲起身准备告辞，胡兰成看到高出他半颗头的张爱玲，开玩笑说了一句："你长这么高，这怎么可以？"张爱玲迟疑了一下，她听懂了胡兰成话里的意思——如果我们以后在一起了，你这么高其实我们很不配。她什么都没说，把头低了下来，微笑，随后她在照片的后面题了几个很美的字："她见了他，变得很低很低，低到尘埃里。但她心里是高兴的，又从尘埃里开出一朵花来。"

放手未尝不是解脱

或许，缘起缘灭，爱终究沦为一捧流沙，风起，云来，风过，云散，当花开终有时，而情灭亦无声……

《小团圆》里，在张爱玲提到遇见胡兰成之前的那一段，她写道："这天晚上在月下去买蟹壳黄，穿着件紧窄的紫花布短旗袍，直溜溜的身子，半卷的长发。烧饼摊上的山东人不免多看了她两眼，摸不清是什么路数。归途明月当头，她不禁一阵空虚。二十二岁了，写爱情故事，但是从来没有恋爱过，给人知道不好。"

有多少女生的恋爱起源于这种空虚？多年后她回顾与胡兰成的恋爱，或多或少也源自这种空虚，那个人只是恰好的走来，满足她在爱情中幻想的虚影，他渐渐与影子重合，一场恋爱也就开始了。

恰如《牡丹亭》里的杜丽娘，游春到芳园，唱道："良辰美景奈何天，赏心乐事谁家院"，良辰美景花团锦簇，而自己却是形单影只，她叹道："昔日韩夫人得遇于郎，张生偶逢崔氏，曾有《题红记》《崔徽传》二书。此佳人才子，前以密约偷期，后皆得成秦晋。吾生于宦族，长在名门。年已及笄，不得早成佳配，诚为虚度青春，光阴如过隙耳。"

她遇到如意郎君柳梦梅，也就不用这般顾影自怜地羡慕崔莺莺了。像张爱玲这般在未恋爱之前就提笔写了许多爱情故事的作家，她的灵感一样也是间接来的，或季节、时令，以及渐渐增长的年纪和心境。当时她与胡兰成相交的一个重要原因，也在于他可以激发她写作的灵感。

虽然是臆测，只要来的那个人才貌双全，就会遇上她彻烈的爱情。只可惜她没有这个运气，没在对的时间遇上对的人。

这样急促的爱恋，显然不能做天长地久的打算，不久之后胡兰成去了武汉，再不久，他便对汉阳医院的一个17岁的护士周训德心生爱慕，胡兰成又与护士小周结婚了，全完忘记了才和他结婚不久的张爱玲。关于胡兰成的情人也不只周训德一个，在胡兰成与范秀美同居的时候，张爱玲曾找上门，三个人的尴尬，完全都是这个男人玩弄女人感情造成的后果，张爱玲知道他不愿放弃任何人，连同性的朋友在内，因为人是他活动的资本。

　　她离开温州的时候，天下着蒙蒙细雨，胡兰成为她撑着伞，张爱玲看着眼前的男人，叹了口气："你到底是不肯。我想过，我倘使不得不离开你，亦不致寻短见，亦不能够爱别人，我将只是萎谢了。"说到底张爱玲想让胡兰成做出选择，这样的关系，三个人太拥挤，一个人太孤单，而这里面的三，也可代指多的意思。

　　她并不要求胡兰成非得选自己，她只是想看看，这个男人究竟还有没有底线？她只是希望，这个男人做出选择，而不是在新时代里做着旧时代玩弄女人的美梦！

　　可胡兰成却是这般地回答她："人世迢迢如岁月，但是无嫌猜，按不上取舍的话。而昔人说修边幅，人生烂漫而庄严，实在是连修边幅这样的余事末节，亦一般如天命不可移易。"无非一句，我有魅力，那怪谁？

　　张爱玲对爱情细致入微的描写，可见她对情感拿捏的分寸，而在现实中，她又是这般辨不清楚，她说："也许每一个男子全都有过这样的两个女人，娶了红玫瑰，久而久之，红的变了墙上的一抹蚊子血，白的还是'床前明月光'；娶了白玫瑰，白的便是衣服上的一粒饭粘子，红的却是心口上的一颗朱砂痣。"于己而言都何尝不是？

　　后来，胡兰成背负着汉奸的罪名，开始了逃亡，脱离险境后，他在一所中学教书，张爱玲选择在他一切都安定下来的时候，写来了诀别信，随信还附上了自己的 30 万元稿费。她在诀别信里写道："我已经不喜欢你了，你是早已经不喜欢我的了。这次的决心，是我经过一年半长时间考虑的。彼惟时以小吉故，不欲增加你的困难。你不要来寻我，即或写信来，我亦是不看的了。"

这场爱情来得快，去得更快，短短三年，对于张爱玲来讲，就像三个世纪一样漫长。她挥起了青锋剑对过去，于他来了一场决绝的告别，从此再无奢求，转身后亦不怨无悔。谁是谁的曾经？谁又是谁的沧桑？梦回与她缱绻的一刻，睁眼已近迟暮黄昏。

萧军·萧红：
像白马王子一样来救她

那边清溪唱着，这边树叶绿了，姑娘呵，春天来了！去年在北平，正是吃着青杏的时候，今年我的命运比青杏还酸？

——萧红

那个时候她孤身一人，在一间小旅店里，没有钱交房费，肚子里还怀着负心汉汪恩甲的孩子，几乎陷入绝境，昏暗的屋子里，窗台飘过开败了的花，她扶着破落的木窗，满怀期待地等待着王子前来救她。

以香菱自喻的民国才女

聂绀弩在《回忆我和萧红的一次谈话》中介绍说，他与萧红之间曾有过一次谈话："萧红，你是才女，如果去应武则天的考试，究竟能考多高，很难说，总之，当在唐闺臣（清代小说《镜花缘》

中人物，武则天开科考试天下才女，她本为榜首，武则天不喜欢她的名字，将其移后十名）前后，决不会和毕全贞（也是《镜花缘》中人物，考试的末名）靠近的。"

萧红听了笑着说："你完全错了。我是《红楼梦》里的人，不是《镜花缘》里的人。我是《红楼梦》里的痴丫头香菱。"

香菱在《红楼梦》中也是个悲情的角色，本名甄英莲，谐音真应怜，父亲甄士隐，她原本是江南一户人家的小姐，只因三岁时被人贩子拐走，从此流落异乡，后来落入了薛宝钗的哥哥薛蟠手里，真真是可惜了这样一个姑娘。而萧红以香菱自喻，可见她命运的凄苦。

和香菱一样，萧红亦不是她的真名，她的名字叫张乃莹，1911年6月2日出生在黑龙江省呼兰县城的一户富裕家庭，在众多民国的作家中，只有萧红可以称为地地道道的北方人，她并没有北方姑娘的爽朗性情，倒有几分江南女子忧郁的气质，这不是她做作，她一出生被传统命相认定为不祥，所以在她的童年生涯中，除了祖父，她甚少感受到关爱。

在《呼兰河传》中，萧红用了很长的篇幅，来写她与祖父的故事，可以说祖父是萧红在这个家里唯一的被爱来源，只有在祖父的身边她才察觉到，她是真真正正生活在这个家中的。年幼的萧红并不能理解什么是不祥，因为算命先生的一句话就可以扼杀掉父母对孩子的疼爱吗？长大后的萧红对封建思想更是深恶痛绝，那时萧红本应上初中，而她的父亲却依照旧思想认为女子无才便是德，让萧红辍学，萧红直言若不让她上学，她就去当尼姑，方才作罢。

被旧思想笼罩的家里，萧红感受不到丝毫的生气，祖父死后，她在家中仅剩的一丝温暖也消失了，明明生在一个大家族中，得到的爱却微乎其微，有段时间萧红甚至怀疑，她究竟是不是父母亲生的？

都说六月份出生的孩子是最有主见的，但每个孩子也不是生下来就离经叛道，许多梦做着做着就断了，许多泪流着流着就干了，泪痕尚在，心底的希冀还在，年轻的萧红被亲生父母当头浇了一盆冷水，她被父母许配给了省防军第一路帮统汪廷兰的次子汪恩甲，又是一出包办的婚姻，萧红是不屑的，年仅 19 岁的她下了个决心，她要逃婚。

那一天，她收拾好了行囊，毅然决然地踏上了前去了北平的火车。火车缓缓地开启，黑色的烟雾吞吐而出，一如她心里的颜色。站台上全是送别的人们，只有她形单影只，她咬紧了嘴唇，决绝到甚至都没有回头再望一眼自己的故乡。那座城于她而言，和普通的城再无分别，她留恋的祖父已不在了，又有谁还会真心实意地待她好呢？

萧红在列车之上并未想好，火车已驶到了北平，来到一个新城市的萧红抱着满腔热血，她相信她对命运的反抗足以将自己带入一个新生活。可是她没有想过往往成为思想家的人，他们都过着比常人富足的生活，只有这样他们才能腾出时间思考人生，真正一贫如洗的人，只想如何填饱肚子，苏格拉底、亚里士多德皆是如此。

年轻的萧红也面临这样的尴尬，她的理想壮志被现实的残酷击得粉碎，她忽然觉得一碗米饭远要比自由来得更切合实际，与张爱玲的自我救赎不同，萧红更希望有人来拯救她，希望能像灰姑娘一样，遇见心疼她的王子，尊重她，爱她，和她一起吃饭喝水过日子。

萧红期待的人出现了，不是别人，正是她逃婚的对象汪恩甲，这千里追妻的戏码，彻底感动了萧红。这个时候的汪恩甲对萧红也不谓不上心，可惜他终究不是她的良人，为了保护自己的哥哥，和萧红解除了婚约，那时的萧红已经有了他的孩子。

爱上一个行侠仗义相助的大侠

她就这样被他抛弃在旅馆里，没钱交房租，萧红被旅馆的老板扣了下来，窗外的花开得正好，而她却在暗无天日里慢慢地凋零，她忽然很想知道，汪恩甲究竟爱没爱过她？如果没爱过，他为什么又远赴北平来找她？如果爱过，又为什么将她和腹中的孩子狠心地抛弃在这里等死？

当初的种种盟誓，于萧红而言无一不是刺骨的钢针，她疼，她恨，难道这就是爱情？甜蜜的糖衣里，包裹着背叛的毒药。濒临绝望的萧红，给哈尔滨《国际协报》去了封求救信，收到信的副刊编辑裴馨园和几名文学青年一起前来探望，其中就有一位名叫萧军的年轻人。

那时的三郎萧军已经结婚，和萧红一样，萧军亦不是他的真名，他的名字叫刘鸿霖。《黄金时代》这样交代，萧军第一眼看到萧红，她正蜷缩在床上，萧军看见桌上放着一张信纸，与房间是那般格格不入，而上边写着一首很随意的小诗，萧军拿起来读："那边清溪唱着，这边树叶绿了，姑娘呵，春天来了！去年在北平，正是吃着青杏的时候，今年我的命运比青杏还酸？"像一淙欢快的小溪径直流进了萧军的心底，这首诗也是萧军爱上萧红的滥觞。

在接下来的接触中，她的才情、性情、纯情，以及被伤透了的爱情，深深吸引着他。他在她最需要帮助的时候出现，而女人心最柔软的时候，往往就在于此，他们相爱了，这一年萧红21岁，萧军26岁。

他还有家室，她亦有孩子。

于理智上萧红是应该拒绝的，可于情而言她放不下萧军，他正如她所想，像白马王子一样来救她。

张小娴曾言："男人对女人的伤害，不一定是他爱上了别人，而是他在她有所期待的时候让她失望，在她脆弱的时候没有扶她一

把 。"而萧军也没有让萧红失望，那年松花江决堤，城区被淹，人们或逃或走，而她却因为无钱还债被困在旅馆里自生自灭。这时有人轻叩窗扉，萧红前去开窗，她的三郎正驾驶着小船，在窗下望着她，这一刻所有的迟疑和不确定都化作乌有，她跳下窗，轻上莲舟，这样的画面仿佛让人想到了《西洲曲》，"南风知我意，吹梦到西洲"，南风知晓了萧红的心意，将三郎吹到了她的窗下，不像采莲女的"开门郎不至"，她一开窗便看见了她的三郎。

是萧军给了萧红重生的机会，也是萧军发觉了她在写作上的天赋，她下了决定，舍弃自己的名字，和萧军采用同样的姓氏，从此之后你中有我我中有你，提到萧红必定想到萧军。

被救出之后的萧红没多久就临盆了，又是萧军拿着刀子逼迫医生救人，才保住了她和孩子的性命。萧红看着怀里的孩子，她小时候就没享受过母爱，她不想孩子也跟她一样，可是跟着她，这个孩子依旧不能得到爱护，她思前想后，还是将孩子送了人，没过多久孩子就夭折了。

萧红出院后，就和萧军住在了一起。这段被萧红称为"没有青春只有贫困"的生活，竟然是她一生中最美好的时光，后来被她不厌其烦地记录到小说《商市街》中。在哈尔滨人流穿梭的中央大街上，在幽雅静谧的俄式花园里，在江畔绿荫浓郁的树下，在碧波荡漾的松花江中，他们牵手而行，一如热恋的少男少女。

但通常，他们总是一前一后地走着，萧军在前大踏步地走，萧红在后边跟着，很少见到他们并排走，这就是他们之间命定的姿态。他殴打她，也不是故意的虐待，也是因为爱她，当她是自己人，才不见外地动了手。他是个粗疏的男人，拳脚伺候的时候，压根想不起来她并不是顾大嫂和扈三娘。

相爱，却不能相守

萧红和鲁迅的相识，起于一次次的通信。那时的鲁迅还对她不很熟悉，通信内容也一直不冷不热。直到有一次回信时，鲁迅在信尾加上了"吟女士（萧红曾用"吟"作为笔名）均此不另"，她回信对"女士"一词十分不满。下一封信里鲁迅便半开玩笑地问道："悄女士在提出抗议，但叫我怎么写呢？悄婶子、悄姊姊、悄妹妹、悄侄女……都不好，我想，还是夫人、太太，或女士、先生罢。"

以此为契机，二人熟络起来，鲁迅很喜欢这个活泼又富有灵气的东北姑娘，而萧红也对鲁迅抱有敬畏之心，萧红来到上海后，和鲁迅见过一次，在深谈的过程中，发现对方的思想居然能跟自己的思想契合，此后萧红经常去鲁迅家拜访，也结识了许广平。

在萧红的文学事业有了起色之时，她和萧军之间的感情却不似之前那般美好。和平常情侣一样，一见倾心后步入平淡生活，两人性格上的差异便显露出来，萧红的性格并不像北方的姑娘，她的骨子里带着林黛玉式的多愁善感，她的不安需要一个贾宝玉式的人物才能安抚下去，可偏偏萧军却是一个真正的东北汉子，行事豪爽不拘小节。一个是长不大的女孩子，一个是铁血的汉子，萧军没有耐心对待萧红也不算是意外之举了。

萧军说："她单纯、淳厚、倔强、有才能，我爱她，但她不是妻子，尤其不是我的。"

萧红说："我爱萧军，今天还爱。他是个优秀的小说家，我们在思想上志同道合，又一同在患难中挣扎过来，可是做他的妻子却太痛苦了。"

这世上偏有一种人，明明爱入骨里，却不适合做夫妻。

对于这段感情，萧红是做过努力的，她听从鲁迅的建议远赴日本求学，她以为两个人暂时分开，留给对方冷却的时间和空间，他们的感情还能恢复如初，她从日本给萧军的情书中表白道："你是这世界上真正认识我和真正爱我的人！也正为了这样，也是我自己痛苦的源泉，也是你的痛苦源泉。可是我们不能够允许痛苦永久地啮咬我们，所以要寻求各种解决的法子。"

这年的 10 月 19 日，鲁迅先生离开了人世，萧红震惊之余匆匆回国，二人因鲁迅先生的离世，曾短暂的重归于好，可是这两人之间的裂痕已不是小别几年就可以弥补的，这样的逃避根本解决不了问题，随着抗日战争的打响，萧红和萧军的爱情也正式走到了尽头。

那时萧军已结识了有夫之妇许粤华，抗日战争的爆发终于为萧军抛弃萧红，提供了最为神圣、最为强硬也最为宏大的理由。

在萧军的《从临汾到延安》中记录了两人分手前的争吵，萧红问："你去打游击吗？那不会比一个真正的游击队员更价值大一些，万一牺牲了，以你的年龄，你的生活经验，文学上的才能……这损失，并不仅是你自己的呢。我也不仅是为了'爱人'的关系才这样劝阻你……这是想到了我们的文学事业。"萧军冷笑："人总是一样的……谁是应该等待着发展他们的'天才'，谁又该去死呢？"

一个留在了延安，一个选择了离开，丁玲试图挽救两人的爱情，而萧红却笑着对萧军说："三郎，我们永远分手吧！"

而这时，萧红已有了萧军的孩子。在萧红前两段感情里，曾都带着孩子恋爱，如果这两个男人为了孩子而挽留她，那结果会不会有所不同？

1938 年 4 月，萧红与萧军正式分手，同年 5 月，萧红与端木蕻良举行婚礼，对于她为什么这么快嫁给端木，萧红说出了原因："掏肝剖肺地说，我和端木蕻良没有什么罗曼蒂克的恋爱史。是我在决定同三郎永远分开的时候，我才发现了端木蕻良。我对端木蕻良没有什么过高的要求，我只想过正常的老百姓式的夫妻生活。没有争吵、没有打闹、没有不忠、没有讥笑，有的只是互相谅解、爱护、体贴。我深深感到，像我眼前这种状况的人，还要什么名分。可是端木却做了牺牲，就这一点我就感到十分满足了。"

而就是这个她认为能给她平凡生活的男人，在日军轰炸武汉的当口儿，留她一人，她的身子本就不好，经此一折腾，她的肺结核越来越严重，躺在医院冰冷的病床上，她环顾四周，周围空荡荡的，只有骆宾基一个人，她的思绪已经飘忽，原本空灵的眼神，如今空洞无神，她看着窗外阴沉的天空，似在发问，又似喃喃自语："如果萧军在重庆，我给他拍电报，他还会像当年在哈尔滨那样来救我吧……"

可是这一次，谁也无法帮她完成救赎，1942 年 1 月 22 日一个凄凉的冬日，年仅三十一岁的萧红在医院里呼出了生命的最后一口气息。

不求你记我一辈子，只求你别忘记，你的世界里有我来过的痕迹，而萧红死后，爱过她的萧军和端木蕻良，竟一辈子也未从她的身影下走出来。

郁达夫·孙荃：
切莫临风惜尔音

许侬赤手拜云英，未嫁罗敷别有情。

解识将离无限恨，阳关只唱第三声。

梦隔蓬山路已通，不须惆怅怨东风。

他年来领湖州牧，会向君王说小红。

杨柳梢头月正圆，摇鞭重写定情篇。

此身未许缘亲老，请守清宫再五年。

立马江浔泪不乾，长亭判决本来难。

怜君亦是多情种，瘦似南朝李易安。

一纸家书抵万金，少陵此语感人深。

天边鸣雁池中鲤，且莫临风惜尔音。

——郁达夫

把心交给你，无须花言巧语，有时间为我自明；把情交给你，无须甜言蜜语，有时间为我自清；曾经的温情沉淀成记忆，在心底化成一杯名为爱的苦酒，饮入口中，划过胸口，你可知道，我在码头上已经等了你一辈子？

你就像那格桑花，在新时代里绽放，而我却够不到你，只能看着你被她带走，从此没了你的音讯，回想我的一生，虽然苦难，我想我会心安理得地进入天堂吧！

离人芳草最相思

她有一个好听的名字，孙荃。

荃者，香草也，《离骚》中有"荃不察余之中情兮，反信谗以齌怒"。在中国古代，自屈原起发展了一种名为香草美人的代指，荃后来也代指君主。如此意境悠远的名字，能当得起的女人，自不会是被男人捧在掌心里娇滴滴的小姐们，她坚毅如磐石，性行如兰草，有一颗常人无可比拟之心，也许后人知道她源于她的丈夫——郁达夫。这个男人给了她作家妻子的身份，却给不了她一世的长情。

和鲁迅的妻子朱安相似，她也是旧文化下长大的女子；和朱安不同的是，孙荃自幼对诗词文化方面很有造诣，她幼入私塾，聪慧善学，长在乡野，名字也透着浓浓的清新味。一开始她并不叫荃，而叫兰坡，后来郁达夫嫌土气，故而改成了荃。

　　她生在富阳县宵井镇一个颇有资产和地位的书香世家，方圆之外，有哪个不知孙家有位小姐，贤良淑德，才华出众？越是优秀的女子，择偶的标准自会随着自身的标准而抬高，试问有哪个女子会愿意嫁给一个处处不如自己的男人？当时的孙荃也抱着如此的想法，一来二去便成了老姑娘。

　　待字闺中的女子往往多愁善感，花一样的年纪，那颗心盛满那份情，静待那个人采撷。

　　其实孙荃的年纪不算很大，20岁出头，不过在当时已算是大龄青年了，在那个年代到了一定年纪不成婚，会被社会诟病，为此孙家为了孙荃的婚事操碎了心。事偏有巧合，郁达夫和孙荃的家长们，在一个远方亲戚介绍下彼此知道了，这用现代的话来讲叫相亲，孙荃从父亲那里了解到郁达夫的情况，郁达夫正在东洋留学，年纪也正好，孙荃觉得这是自己要托付一生的男人，她满心欢喜地应下了这桩婚事。

　　佛经上说："短短今生一面镜，前世多少香火缘。红尘滚滚，芸芸众生，缘分缘散，处处皆缘。"他和她是有缘分的，并不是因封建包办的婚姻捆绑相识。后来郁家邀请孙荃来串门，说白了就是看看未来的儿媳妇，他们也不敢保证孙荃在了解郁家之后会不会心生悔意，他们无恒产，又无恒业，仅靠两代寡妇摆摊设点维持全家的生计，可孙荃却完全不在乎，她一进来便深深地喜欢上了这栋3

开间的老式楼房,推开窗看到富春江水碧波荡漾,她心情越发的美好。

她生得不算美,有一双水灵灵的大眼睛,闪烁着真诚和灵动的光芒,一头乌黑的秀发,编成两个辫子垂在腰间,据说当时给郁母留下了很好的印象。后来郁母给远在日本的郁达夫去了封信,要他回来订婚。

不像鲁迅一回来就按家里人的意思拜了天地,郁达夫和孙荃见面之后,气氛十分融洽,他为她写了首诗:"赠君名号报君知,两字兰荃出楚辞。别有伤心深意在,离人芳草最相思。"从此她改兰坡为荃。

七月相识后,八月郁达夫又回到日本继续完成学业,在日本留学时,郁达夫给孙荃去了一封信笺,上面赫然写着一首情诗,便是前面提到的那首。热恋中的男女,有诗情画意的最喜欢玩一些情诗间的唱和,就如同《九张机》一样,收到信后,孙荃挥毫泼墨,立刻就写了一首回敬:"风动珠帘夜月明,阶前衰草可怜生。幽兰不共群芳去,识我深闺万里情。"

凉风吹拂珠帘摇曳着,发出玲玲的声响,夜里的明月苍凉地挂在中天,台阶前衰败的草,在月华的照应下清晰可见,于不经意间看到一株不愿与群芳共去的幽兰,随着清风徐来,摆动着叶脉。她走了过去,原来是兰草窥探出了她独居深闺、思念远方亲人的寂寞,愿意陪伴她度过这一个个孤独无聊的漫漫长夜。

兰荃，兰荃，蕙质兰心，荃草相思。

不料孙荃的信发出后，竟如泥牛入海，杳无音讯，孙荃踏破了门槛，邮局去了一趟又一趟，迟迟不见郁达夫的信笺送到，孙荃气愤之余，又写了一封信过去，信上又是一首情诗："百年身世感悠悠，灯下黄花瘦似双秋。雁过池塘书不落，满天明月独登楼。"将恋爱后患得患失的心情直抒胸臆，询问郁达夫，为何不回信？

收到了孙荃的信后，郁达夫宠溺一笑，两颗赤诚火热的心靠得越来越近，海岸两端传来一首首缠绵悱恻的唱和诗，这可要比闻一多写给高孝贞的《红豆》热闹得多，闻一多只是单方面表述，对于郁达夫和孙荃而言，是两个人爱意的传递。

有时候，爱不是一瞬间的怦然心动，也不是因为眼前景色和她的姿容，也许对她的牵挂早已成了形，诗还未成，情就成了精，酝酿又酝酿，煽情又煽情，这一别，他心里知道，是她，一定是了。

短暂分别后，婚期之日临近，郁达夫从日本归来，孙荃之情自不必说，二人在老家举办了一场热闹的婚礼。

新婚的信物，钻石戒指

都说女人是感性的，女人是善变的，这话用在民国女人身上便是大错特错了。这个奇妙的年代，往往男人要比女人善变感性得多，这种特质的男人中，作家诗人的比重更多，郁达夫也避不开，尽管他们极尽美化，将之称为诗意浪漫，但这也不能掩饰他们这种不负责任的态度。

民国的才子们总是面临着婚姻和爱情之间的冲突，老一辈们奉行门当户对、媒妁之言，而新一代接受的教育和社会的新风气又鼓励自由恋爱、个性觉醒。上一辈人对晚辈婚姻的干涉，至今都是一个难以解决的问题，不过既然同意娶了，拜了天地，入了洞房，又如何说舍弃就舍弃？

我不相信郁达夫对孙荃是没有感情，这一首首缠绵悱恻的情诗，如果没有爱情的滋养，又如何能焕发出动人的生机？

拜过天地之后，郁达夫又后悔了，将孙荃独自留在洞房，他搬了一把竹椅，坐在庭院内，沏了一壶藿香叶泡的绿茶，江南的七月酷热难耐，他望着漫天星斗不知在想些什么，没过多久郁达夫的母亲走了出来，知子莫若母，她知道郁达夫对这门婚事心生悔意，她规劝郁达夫正视婚约，不要逃避，如今孙家小姐已嫁到郁家，郁家能有孙荃这样的媳妇应该万幸！

在母亲的规劝下，想到孙荃以往的好，他羞愧难当起身走进屋内，借助星光，看见孙荃坐在那里一动不动，脸上依然盖着入门后的红盖头，他关上门，来到妻子身前，点上了红烛，据说民间嫁娶，点一对红烛到天明，夫妻双方便能长长久久地在一起了。若世间姻缘皆有红烛保佑，这世间又怎么会有那么多的痴男怨女？

　　他挑开了她的红盖头，她娇羞地别过脸去，和郁达夫不同，孙荃生在旧中国，虽文学涵养颇深，终归性行和旧时代的女子并无二致，都是含羞带臊，娇羞类型的，而郁达夫留学海外，受的是新式教育，自然对新婚之夜抱有激情和幻想，这夜本该交媾生子如今却成了新旧思想冲撞爆发的起因，更为雪上加霜的是，孙荃此刻正闹疟疾，哪里有力气成为郁达夫幻想的热情对象呢？

　　不幸的家庭里，会有很多种造成家庭不幸的原因，而幸福的家庭形成的原因，往往只有一种，显然郁达夫和孙荃就属于前者。在新婚之夜里，唯一有纪念意义的活动，就是孙荃送给郁达夫一枚钻石戒指，作为爱情的信物。

坚强伟大的空谷幽兰

　　结婚之后，郁达夫孙荃也有一段美好的时光，在宵井的日子，他们对花对酒品评史书，还编了谜语来猜，郁达夫就孙荃诗歌上的不足予以指点，告诉她要多看晚唐时候的诗歌，有助于她律诗的写作。不止和妻子交流，郁达夫和岳父孙孝贞经常谈天说地，和孙荃的哥哥孙伊清也说医道诗。

　　非淡泊无以明志，非宁静无以致远，如果郁达夫一直生活在这碧水蓝天之下，经历的诱惑少些，他会不会和孙荃厮守终老？可惜没有如果，历史也没有给我们任何设想的机会。

山中一日，世间百年，暑假过得很快，郁达夫不得不再次离别故土，到日本继续他未完成的学业。

这次离乡，他有了牵挂，有了一位朴实春华的妻子，诗人作家对于身边景物的捕捉力远超过常人，而郁达夫此刻又心系新婚不久的妻子，借景抒情，寓情于景的作品较之前，更加多了。

世人总说七年之痒，于爱而言有人能天长地久，有人只求曾经拥有，像郁达夫这样的多情才子，显然前者对他的吸引是不大的，新鲜感一过他便不再喜欢，果然七年之后，1927 年 1 月 14 日，郁达夫不可避免地爱上了王映霞。

命运于孙荃而言竟是这般不公。

就在遇见王映霞的前一天，郁达夫收到了孙荃从北京寄给他的皮袍子。他在日记中这样描述他的心情："中午云散天晴，和暖得很，我一个人从邮局的包裹处出来，夹了那件旧皮袍子，心里只在想法子，如何的报答我这位可怜的女奴隶。想来想去，终究想不出好法子来，我想顶好还是早日赶回北京去，去和她抱头痛哭一场。"

再多的袍子也挽不回这个男人的心，他对王映霞的爱已近乎痴迷，他在日记里，直言不讳诉说对王映霞的爱："我的心被王映霞搅乱了。南风大，天气却温和，月明风暖，我真想煞了王映霞，不知她是否也在想我，此事当竭力进行，求得和她做一个永久的朋友。"

对于郁达夫恋上王映霞的事情，远在老家的孙荃又岂会不知？她反对过，以"殉死"相抗争过，可是再多的以死相逼，都挡不住一颗冠上为爱追寻的绝情之心，她阻止不了他的"爱"，只得牺牲了自己，成全了他与王映霞。

这花香日暖的春天，窗外的雨应和着她的泪水，手中挥动着笔管，想落笔又不知写些什么，想吐诉情感，她心中的思念那么长啊，可是她忘不了她的男人此刻正用纸笔为另一个女人肠断心伤，她放下了笔，心里难过，又不能当着孩子哭泣，回头看了眼信纸，也是啊，信纸却这么短，又怎么能够把她想说的话写完整呢？孙荃回头看着，三个幼小的孩子，从此只有他们与她相依为命了。与其他女人自怨自艾不同，孙荃独自一人抚养三个孩子成人，郁黎民在《我的母亲——孙荃》中回忆："在八年抗日战争的艰难岁月里，富阳县城沦陷，母亲为了不做顺民，带着我们三个未成年的孩子逃到离城三十里的乡下宵井外婆家去避难。生活当然更加困苦，在没有学校，没有教师的困难条件下，母亲也未放松我们的学习，她亲自教我们读书，教材是在逃难时随身带着的部分旧书，如《唐诗三百首》《古文观止》《活叶文选》及其他小说和父亲的作品与新编杂志等，并要求我们每读一篇就要能背诵出来。"以己身培养出三个受过高等教育的孩子，是有多么艰难。

一开始，知道丈夫和王映霞事情的孙荃，是气愤的，她恨丈夫不顾自己和孩子只顾追求自身的幸福，他是个不负责任的男人！后来，随着时间的流逝，人总是愿意回想起那些美好的事，对郁达夫的憎恨慢慢地变淡，只剩下对他绵长又深邃的眷恋，在心口酝酿成一坛浓郁的老酒。

直到 20 世纪 40 年代末期，孙荃才知道，已分居多年，杳如黄鹤的夫君早已为国捐躯，血染异国土地。

此后孙荃的后半生都致力于对郁达夫遗稿和作品的整理出版，她说："等到政治清明时，自然有人会去从事郁达夫研究，去研究他的作品，使他在中国文学史上有一个公允的地位。"这位伟大的女性亦有着高瞻远瞩的眼光，新中国成立后，郁达夫被授予烈士的称号。如果郁达夫泉下有知，是否会为了当年那糊涂的决定流下悔恨的泪水？

他这一生喜欢、爱上的女人太多，可惜也只有这个女人甘愿为之奉献一生，也只有她在他死亡之后，深深记挂他一生一世。

1978 年 3 月 29 日，孙荃与世长辞，终年 81 岁。弥留之际，她不无自豪地说："回忆我的一生，我是会心安理得地升入天堂的。"

第五章
清泪双行悼故人

十年生死两茫茫，独自一人浅酌世间的纷繁故事，再在夜梦中细细低语于你，仿佛你还在，与我逗趣、与我交谈、与我情思绵绵。也害怕，害怕想你，更害怕连梦也梦不到你。我抚摸着寸寸青苔附着的砖瓦，什么都不做，什么也不想，任冰冷的风吹在脸上，感受时光飞逝留下淡淡阴影。

钱钟书·杨绛:
遇到她之前，从未想过结婚

我在遇见她之前，从未想到结婚；我娶了她十几年，从未后悔娶她；也从未想过要娶别的女人。

——钱钟书

兰德曾说："火萎了，我也准备走了……"

2016 的 5 月 25 日凌晨，杨绛在北京病逝，走完了她一个多世纪的人生旅程。

两年前，她接受采访时曾说："我今年一百岁，已经走到了人生的边缘，我无法确知自己还能往前走多远，寿命是不由自主的，但我很清楚我快'回家'了。我得洗净这一百年沾染的污秽回家。我没有'登泰山而小天下'之感，只在自己的小天地里过平静的生活。细想至此，我心静如水，我该平和地迎接每一天，过好每一天，准备回家。"

我们仨，如今终于在天堂团聚。

古月堂前的才子

1932 年的清华女生宿舍，有个很典雅的名字，叫"古月堂"。天刚擦黑，古月堂前常常站着等待女生的男生，他们把"约会"戏称为"去胡堂走走"。

那时候的清华园同现在并无二致，男多女少，女生都是被宠爱的。古月堂不设会客室，男生们便都立在门口，无论春冬，不管寒暑，古月堂前总能看到一两个焦灼的身影，眼巴巴地盯着大门，盼着心上人千呼万唤始出来。

在那些等待的身影里，有一位面容俊朗的男子，他叫钱钟书，是清华西方语言文学系的学生，在西语系，他是有名的才子。当时，钱钟书、曹禺、颜毓蘅被大家称为"龙虎狗三杰"，教文学的吴宓教授更是称赞钱钟书："自古人才难得，出类拔萃、卓尔不群的人才尤为不易得，当今文史方面的杰出人才，在老一辈中要推陈寅恪先生，在年轻一辈中要推钱钟书，他们都是人中之龙。"

觉得造世主总对江南更有些偏爱，民国绝大多数的才子佳人都是南方人，钱钟书也是。

钱钟书是江苏无锡人，他的父亲钱基博是近代著名的古文家，曾先后担任过圣约翰大学、光华大学、清华大学、浙江大学等学校的教授，他的母亲姓王，是近代通俗小说家王西神的妹妹。出生在这样的书香世家，也难怪钱钟书先生的文学造诣之高，耳濡目染惯了，连骨子里都透着淡淡的书香。

他的中学时代是在苏州桃坞中学和无锡辅仁中学度过的，两所学校都是美国圣公会办的，注重英文教育，他因而打下了坚实的英文基础。他的国文由父亲钱基博先生亲自教授，也难怪他的古文造诣远高出同龄人。在钱钟书入清华念书之前，就代父亲为钱穆的《国学概论》作序，后来书籍出版，就用的他的序文，一字未改。虽说他的国文和英文顶好，但数学却是极差，这一点倒是和张允和极为相似。好似每一个偏科的人都是怪才，一方面出奇的优秀，在另一方面差的惊人；显然钱钟书就是这样的怪才，他幼年时喜欢读《西游记》《三国演义》《说唐》，对于孙悟空、关云长、李元霸使用的武器斤两记得一清二楚，却不识得阿拉伯数字。所以说，即便是学神，也有不擅长的一方面呐。

在清华的入学考试时，钱钟书数学得了零分（也有说法为得了5分），本来是不能录取的。因他中英文特别出色，也幸亏当时的校长罗家伦惜才，最终打破陈规将他破格录取。因着这段不寻常的经历，他一入清华，便名满全校了。

清华的课业素以繁重著称，挑灯夜读再寻常不过，而钱钟书不仅轻松学完本专业的课程，还有余力钻研中国古典文学。他旧时的同学饶余威就曾感叹过："同学中，我们受钱钟书的影响最大，他的中英文造诣很深，又精于哲学及心理学，终日博览中西新旧书籍，最怪的是他上课时从不记笔记，只带一本和课堂无关的闲书，一面听讲，一面看自己的书，但考试时总是第一。他自己喜欢读书，也鼓励别人读书。"

他在文科方面享有一种卓然的天赋，记忆力超群，能过目不忘。他恋书成痴，真是人如其名，好一个"钟书"啊！他并非将读书作为一件必须去完成的任务，而是一种与生俱来的本能，他无书不读，连辞典都看得饶有趣味。甚至在读书中，他能感到无上的愉悦。

这样一位，刚入学就名满清华的男子，需得一位同样非凡的人才能配得上。他在古月堂门前等待的人，也是他携手一生的夫人——杨绛。

一见钟情的恋爱

《圣经》有言："有的时候，人和人的缘分，一面就足够了。因为，他就是你前世的爱人。"

和钱钟书一样，杨绛也是南方人，出身书香门第。性情清逸温婉，知书达理。1928 年杨绛高中毕业，她心心念念想要报考清华大学外文系，孰料那年清华大学虽开始招收女生，但是南方没有名额。无奈之下，杨绛选择了东吴大学。

1932 年初，杨绛本该读大四，东吴大学却因学潮而停课。为了顺利完成学业，杨绛毅然北上京华，借读在清华大学。当时，为了去清华，杨绛放弃了美国韦尔斯利女子大学的奖学金。她终于圆了清华梦，也在那里遇见了她一生的挚爱。有时候缘分真是注定的，就在注定的地点，注定的时间，我们不偏不倚的遇见，开始一段奇幻的旅程，那个旅程的名字唤作一生。

在 3 月的某一天，清华园内花草绿了枝桠，杨绛走过垂花门的时候，在清华大学古月堂的门口，幸运地结识了大名鼎鼎的清华才子钱钟书。据杨绛先生回忆："当时钱钟书穿着青布大褂，脚穿一双毛布底鞋，戴一副老式眼镜，目光炯炯有神，谈吐机智幽默，满身浸润着儒雅气质。"

偌大的清华园里，杨绛先生和钱钟书先生的偶遇似那一句话："前世的五百次回眸，才换来今生的擦肩而过"。两人素昧平生，也许只是听过对方的姓名，却一见如故、侃侃而谈，不得不说这是命运最恰巧的安排！

第二次见面，钱钟书就急切地澄清："外界传说我已经订婚，这不是事实，请你不要相信。"杨绛莞尔一笑，拂过耳际的碎发："坊间传闻追求我的男孩子有孔门弟子'七十二人'之多，也有人说费孝通是我的男朋友，这也不是事实。""众里嫣然通一顾，人间颜色如尘土"，怦然心动，就这样认定你是那个陪我走完一生一世的人。

民国年代的爱恋，总是伴着墨香。钱钟书文采斐然，写的信当然是撩人心弦的情书，每每杨绛读着用炽热的爱意熔炼的字句时，不免脸红心跳，不久这颗芳心就在钱钟书的字里行间迅速融化。

男女间情意的传递，最尴尬的莫过于被父母知晓。有一次，杨绛的回信落在了钱钟书父亲钱基博老先生的手里。钱父好奇心突发，悄悄拆开信件，看完喜不自禁。原来，杨绛在信中说："现在吾两人快乐无用，须两家父母兄弟皆大欢喜，吾两人之快乐乃彻始彻终不受障碍。"钱父大赞："此诚聪明人语！"在钱父看来，这并没有什么可难为情，他大加称赞杨绛思维缜密，办事周到。认为杨绛对于钱钟书而言，是可遇不可求的贤内助。

有了这一出事，钱钟书和杨绛的关系从此被双方父母知晓，两人所在的家族都是当地名门，于是，双方父母便循照旧礼为两人订婚。钱钟书由父亲领着，上杨家拜会杨绛的父母，正式求亲。然后，请出男女两家都熟识的亲友作为媒人来"说媒"，他们还在苏州一家饭馆里举办了订婚宴，请了双方族人及好友。

钱钟书和杨绛本是自由恋爱，而结合却沿着"父母之名，媒妁之言"老老实实走了一遍程序。钱钟书觉得这事颠倒了，杨绛也觉得很茫然，她回忆说："茫然不记得'婚'是怎么'订'的，只知道从此我是默存的'未婚妻'了。那晚，钱基博先生也在座，参与了这个订婚礼。"默存是钱钟书的号，杨绛喜欢叫他默存，而钱钟书也喜欢叫杨绛"季康"，季康也是她的号。

其实，若论起来，钱钟书和杨绛也算是青梅竹马呢。

早在 1919 年，8 岁的杨绛曾随父母去过钱钟书家做客，只是当时年纪小，印象寥寥。但这段经历恰恰开启了两人之间的缘分。而且钱钟书的父亲钱基博与杨绛的父亲杨荫杭都是无锡本地的名士，两人的结合可谓是"门当户对，珠联璧合"，两家人是真正地"皆大欢喜"。

1935 年，两人完婚，他牵她双手，从此相濡以沫。

赌书泼茶的生活

胡河清先生曾这样赞叹钱钟书和杨绛的结合，说："钱钟书、杨绛伉俪，可说是当代文学中的一双名剑。钱钟书如英气流动之雄剑，常常出匣自鸣，语惊天下；杨绛则如青光含藏之雌剑，大智若愚，不显刀刃。"

两人还有一件趣事。杨绛和钱钟书提起她家庭的时候，杨绛颇为自豪，她说清末状元张謇曾称她的父亲杨荫杭为"江南才子"。

　　不想钱钟书微微一笑，也把张謇致他父亲钱基博的信拿给她看，原来在信中，张謇也称钱基博为"江南才子"，杨绛哑然失笑，只得垂下头去。

　　不知道"江南才子"这个称号是否为张謇广交朋友的开门词，不过杨绛倒是"从一个'才子'家嫁到了另一个'才子'家"，而且，她嫁的男人，也一样担当得起这"江南才子"的称号。

　　一个月后，他们双双离开了江南，从上海起航，乘船去了英国。1935年，杨绛陪夫君去英国牛津念书。初到牛津，杨绛很不习惯异国的生活，乡愁迭起。

　　一天早上，杨绛还在睡梦中，钱钟书早已在厨房忙活开了，平日里"拙手笨脚"的他煮了鸡蛋，烤了面包，热了牛奶，还做了醇香的红茶。当睡眼惺忪的杨绛被钱钟书叫醒，他把一张用餐小桌支在床上，把美味的早餐放在小桌上，这样杨绛就可以坐在床上随意享用了。吃着夫君亲自做的饭，杨绛幸福地说："这是我吃过的最香的早饭。"听到爱妻满意的回答，钱钟书欣慰地笑了。

　　钱钟书常说自己"拙手笨脚"，并不是自谦的话，这个鼎鼎大名的才子经常分不清左右手，也不会系鞋带上的蝴蝶结，甚至连拿筷子也是一手抓。在生活上，钱钟书完全失去了翩翩的风度，成了一个什么也不懂的小孩子。杨绛虽自小也娇生惯养，但比起钱钟书，她的自理能力要强太多，杨绛这一辈子都要照顾钱钟书了，"相依相守"就是一辈子。

在英国学习之余，杨绛和钱钟书还展开读书竞赛，比谁读的书多。通常情况下，两人在所读册数上不相上下。有一次，钱钟书和杨绛交流阅读心得："一本书，第二遍再读，总会发现读第一遍时会有许多疏忽。最精彩的句子，要读几遍之后才会发现。"杨绛不以为然，说："这是你的读法。我倒是更随性，好书多看几遍，不感兴趣的书则浏览一番即可。"这倒真应了李清照和赵明诚的那句"赌书消得泼茶香"了。

钱钟书在牛津拿到学位之后，又和杨绛一起去了法国巴黎大学念书。

没过多久钱钟书和杨绛迎来了他们的第一个孩子"阿圆"。爱女阿圆出生时，钱钟书致"欢迎辞"："这是我的女儿，我喜欢的。"杨绛也说女儿是自己"平生唯一的杰作"。

这对自小被仆人照顾的夫妇，在跌跌撞撞中学会了过日子，从没做过饭的杨绛也尝试着学起做菜，在犯了几次把豌豆荚丢了之类的错之后，居然也做出像模像样的红烧肉，而"拙手笨脚"的钱钟书不仅学会了划平生第一根火柴，还包办了他们的早餐，他做的早餐丰盛得很，有香浓的奶茶，煮得恰好的鸡蛋，烤香的面包，黄油果酱蜂蜜也一样不少。

时隔多年之后，每每回想在牛津和巴黎的数年，是他们最快活的时光，杨绛自己也说："好像自己打出了一片新天地。"

1938年的秋天，他们带着一岁的女儿，回到了战火硝烟的中国。

1942年底，杨绛创作了话剧《称心如意》。在金都大戏院上演后，一鸣惊人，迅速走红。杨绛的蹿红，使大才子钱钟书坐不住了。一天，他对杨绛说："我想写一部长篇小说，你支持吗？"杨绛大为高兴，催他赶紧写。她辞了仆人，洗手作羹汤，情愿为他做着绿叶。两年后，《围城》成功问世。

钱钟书在《围城》序中说："这本书整整写了两年。两年里忧世伤生，屡想中止。由于杨绛女士不断地督促，替我挡了许多事，省出时间来，得以锱铢积累地写完。照例这本书该献给她。"《围城》是在淞沪会战后，上海沦陷的时期写的，在艰难岁月里，夫妻两人相濡以沫，患难与共。有这样一个人，愿与你生死相随，这一生也就够了。

1994年，钱钟书住进医院，缠绵病榻，全靠杨绛一人悉心照料。不久，女儿钱瑗也生病住院。

三年后，被杨绛称为"我平生唯一杰作"的爱女钱瑗去世。

又过了一年，钱钟书临终，一眼未合好，杨绛附他耳边说："你放心，有我！"钱钟书又怎能放心？她是他的妻子，如今却只剩下她一人。心若相知，无言也是温柔，这个三口之家，朴素而温馨，只求相守在一起……杨绛曾在《我们仨》里写道："1997年早春，阿媛去世。1998 年岁末，钟书去世。我们三人就此失散了。现在，只剩下我一个。"

如今，杨绛已走过 105 个春秋，隐于世事喧哗之外，陶陶然专心治学。她认为："一个人不想攀高就不怕下跌，也不用倾轧排挤，可以保其天真，成其自然，潜心一志完成自己能做的事。"在生活中，她的确几近"隐身"，低调至极，几乎婉拒一切媒体的来访。

原来藏在"隐身衣"下的，是智者胆识，勇士风骨。

周有光·张允和：
曲终人不散，白首不相离

　　结婚前，我写信告诉她，说我很穷，恐怕不能给你幸福。她说幸福要自己求得，女人要独立，不依靠男人。

——周有光

　　如果我爱你，而碰巧你也爱我，并不在乎我贫穷还是富有，有房还是有车？我愿和你携手漫步游遍芳丛，看岁月在四季中渐行渐远，烹一壶华年在生命里浅酌，任心情随着绽放的桃花舒展，任回忆在清风明月下徘徊。

　　如果有这样一个人，愿与你共度一生，那人生还有什么能称之为幸事？

"最后的闺秀"张家四姐妹

前几年美国耶鲁大学的金安平女士撰写了一本《合肥四姊妹》。翻开《合肥四姊妹》这部书，里面收录了不少老照片，其中有一张四姐妹年轻时的合照，照片中张允和梳着民国特有的发型，穿着碎花的盘扣旗袍，弯弯的眉，水灵灵的目，是典型的江南姑娘的代表。

周有光先生曾说："九如巷张家的四个才女，谁娶了她们都会幸福一辈子。"张家子女名字也十分有趣，除了都有一个"和"字外，男孩子的名字都带"宝盖头"——比如宗和、寅和、定和、寰和、宁和，据说这是因为儿子留在家里；而女孩子的名字都有一个"儿"——元和、允和、充和、兆和，"儿"字两腿向外翘，意味着女儿都要嫁出去。

而张家四个女儿也不辱其名，嫁的人在当时也是响当当的人物了。大姐张元和，精昆曲，嫁给名噪一时的昆曲名家顾传玠；二姐张允和，擅诗书格律，嫁给语言学家周有光；三姐张兆和大学英语系毕业，后成为名编辑，嫁给文学家沈从文；四妹张充和工诗词、擅书法、会丹青、通音律，嫁给德裔美籍汉学家傅汉思。

说起周张二人的相识，倒不得不提一个人——周俊人，周有光的妹妹。周俊人在张武龄开办的乐益女子中学读书，与张允和是同学，张允和常常到周家来玩，一来二去就和周有光成了旧相识。

那时的周有光还在读大学，是个英俊腼腆的青年，而张允和也不过十六岁，爱情来得就是这么突然，在千万人之中遇见了你，从此再也放不开手，周有光和沈从文一样，偏偏对张家的姐妹情根深种。他常常找借口去看她，希望能够赢得她的芳心。不知是因为年龄的差距，还是担心遇人不淑，张允和偏偏总是躲着这个痴情的男孩，她从东宿舍藏到西宿舍，还故意吩咐管理员说她不在。使得周有光每一次出击都没有"得逞"，只能失望而归。

张家两姐妹的脾气倒是如出一辙，都先采取"躲着"的办法，不过二姐允和，倒没有三妹兆和这般直言自己顽固不爱"沈从文"，因此在同学中间得了一个"温柔的防浪石堤"的绰号。

不久周有光大学毕业，张允和与张兆和姐妹两人离开苏州去上海中国公学念书。

漂泊羁旅的乡愁淡而悠长，每每望着月亮，积聚在内心的乡愁愈发浓烈，两颗心因此逐渐靠近，她对他从躲避渐渐地生出了依赖。

1928年的星期天，一个不算高大的男生和一个纤小的女生从吴淞中国公学大铁门走出来。他们没有牵手，并排走在江边海口，他和她互相矜持地微笑着。没有说话，静悄悄地压着马路，穿过小红桥，经过农舍前的草堆，在江边散步，踏莎而行。

他们在石堤上坐下来，烟霞晴岚，带着淡淡的栀子香，两人都紧张得没有说一句话，良久他拿出一本小书来，她侧身去看，慢慢地倚在了他身上，书上面写着一句话："我要在你的一吻中来洗清我的罪恶"，这恰恰是罗密欧对朱丽叶说的。

《红楼梦》里有林黛玉和贾宝玉在花树下共读《西厢》的画面，周有光用腼腆的方式向同样腼腆的张允和传送了爱意。

他轻轻用右手抓着她的左手，她不想理会他，怎奈她的手直出汗。想来也是，在这深秋的江边，坐在清凉的大石头上，怎么会出汗？他笑了，从口袋里又取出一块白的小手帕，塞在两个手的中间。她怔了一下笑道："手帕真多！"

文学家自带的浪漫气质，配上粼粼的江水，两个人相爱了，周有光的一腔炽热终于有了倾诉之地，我在想是不是每个锲而不舍的男人，最终都能收获美好的爱情？红尘里的期待，如花的美眷，注定的一切随缘。

流水式的恋爱

周有光曾在《周有光：我的人生故事》是这样描述他和张允和的爱情的："我跟她从做朋友到恋爱到结婚，可以说是很自然，也很巧，起初都在苏州，我到上海读书，她后来也到上海读书。后来更巧的是我到杭州，她也到杭州。常在一起，慢慢地、慢慢地自然地发展，不是像现在'冲击式'的恋爱，我们是'流水式'的恋爱，不是大风大浪的恋爱。"

情意里的事，终归还是要落在笔上的。

周有光在他的第一封情书里还是担忧地说："我很穷，怕不能给你幸福。"张允和马上回了一封十张纸的长信，所表达的只有一个意思，那就是幸福是要自己去创造的。对于有光，更令他鼓舞的是允和的父母思想开放，支持他们的自由恋爱。

有人说爱情动力源于外部的压力，当岁月流逝，当初的激情不复，回忆当初在一起的艰辛，才懂得现在的来之不易。在父母对儿女的婚姻态度上，一直存在两种观念。有时候父母更明白自己的孩子需要什么样的人走完一生，我想张家的父母是看得真切的，周有光值得他们的女儿托付终生，爱需要自由，而不是放纵。

周有光在杭州教书三年，张允和从光华大学借读到杭州的之江大学，与周有光也就靠得更近了。周末，他们相约在西湖花前月下，这对洋文顶好的新式青年，骨子里依旧是腼腆的，身子始终保持着距离，纵使心中充满了甜蜜，怎么也鼓不起手牵手并肩走的勇气。哎，又是一对老师和学生的爱情啊！

爱情就像一棵年轻的果树，五年的卿卿我我，从生根发芽到枝繁叶茂再到花开花谢，也该是收获果实的时刻。

1933年，两个满脑子新思想的年轻人终于举行了婚礼。婚礼新式而简单，来的人却非常多。

有趣的是，三个月后，张兆和也披上了婚纱。而她和沈从文的爱情则是另一段广为传颂的佳话。当年，在中国公学教书的沈从文对张兆和一见钟情，开始执著地写情书给张兆和。张兆和一封也不看，还拿了信告到校长胡适那里。岂料开明的胡适不但不以为怪，还帮着沈从文"游说"："沈从文没有结婚，因为倾慕你，给你写信，这不能算是错误。"还笑着说，"我知道沈从文顽固地爱你！"张兆和斩钉截铁地说："我顽固地不爱他！"

没想到，张兆和最终还是被执著的沈从文攻下了"心防"，这里面也有张允和的一份功劳。1932年暑假，在青岛大学工作的沈从文冒冒失失地跑到苏州张家，不巧张兆和去图书馆看书去了，"接见"他的是张允和。有些紧张的沈从文留下旅馆地址就匆匆离开。

张兆和回家后，不好意思去旅馆找，经不住允和一番撺掇，她最终还是羞羞答答地去了旅馆，又用允和事先教好的"台词"，把沈从文请到家里，两人关系自此迈出了关键性的一步。沈从文后来总是用他的湖南腔调，拖着长声喊张允和"媒婆"。而张允和每每回忆起来，也忍不住得意于自己的这一角色。

周张结婚一周年的那一天，允和生下了他们的第一个孩子小平，接着小平又有了妹妹，一家人的生活和和睦睦，平静安详。

然而不久后，抗日战争爆发了，张允和与周有光带着两个孩子开始了艰难的大逃亡岁月。6岁的女儿小禾不幸病死，儿子小平又被流弹打中，差一点丧命。

颠沛流离了十多年，先后搬家30次，一家人终于盼来了解放与和平的年代。

一生一世的牵手

1952年，张允和受叶圣陶先生的推荐，从上海调到北京的一家出版社工作。

喜欢写作的张允和事无巨细都向在上海的丈夫汇报，一次她在信里坦白说她收到了一个相识了几十年的朋友的来信，来信说对方已经爱了她19年。允和让丈夫猜他是谁，周有光在回信里一本正经地猜了起来："是W君吧？是H君吧？那么一定是C君了。"不料，这些夫妻间嬉戏的书信却在1953年的一场"三反五反"运动里成为特务的证据，审查者说那些英文字母都是特务的代号。

从未蒙受过这种耻辱的张允和精神崩溃了，她含羞蒙辱、无地自容、不吃不喝，也睡不了觉。她觉得夫妻间的一点"隐私"都要拿出来示众，还有什么尊严可言？她对社长说："如果我确实有问题，请处理我。如果没有，请把我爱人的信退还给我！"手捧着周有光的书信，她接过来时，竟觉得比火还烫手，烫得她心痛。她为自己的坦白和忠诚付出了沉重的代价，却也赢回了天长地久的恩爱。

张允和离开了北京，临走时不敢回头。人世沧桑，岁月无情，经过近一个世纪的各种浩劫，那些折腾人的和被折腾的都已经离去，唯独张允和与周有光还恩爱如初，幸福得像一对初恋的情人。每年的结婚纪念日，孩子们都来祝贺老两口的这份天伦之乐，令许多年轻人也看得眼馋。张允和80岁的时候这样回忆她与周有光在上海吴淞的第一次"握手"，她说："当她的一只手被他抓住的时候，她就把心交给了他。从此以后，不管人生道路是崎岖还是平坦，她和他总是在一起，她一生的命运紧紧地握在了他的手里。"

有些周和张的朋友，都来向他们取经，直言想了解他们的感情如何能经过时间的考验，不见消退？据说他俩每日要碰两次杯，上午红茶，下午咖啡。这个习惯几十年如一日地保持着，雷打不动。在平淡漫长的人生里，寻求一丝别出心裁，这不是小资，而是情趣。张允和还有一个三不原则———不拿别人的过失责备自己，不拿自己的过失得罪人家，不拿自己的过错惩罚自己。周有光呢，有个三"自"政策，即"自食其力、自得其乐、自鸣得意"，与老伴的三不原则一唱一和、遥相呼应，便可见他们的恩爱程度了，连人生观、价值观都这般接近，难怪他们相处的这般好。

《最后的闺秀》作者是张允和，书的封面正是她的照片，身着的旗袍，印着枫叶状的图式，雍容地坐在藤椅上，目光柔和似乎思索着什么。

时间无情啊！

1999 年旧版时，这位大家闺秀还在，转眼十三年了，张允和先生都已离去十年了。她的书只能是再版了，而旧版封面上那位同样俊俏的民国绅士——周有光已是 110 岁高龄，至今著书不倦。我想，他的书架上一定放着一本《最后的闺秀》，每每伏案，看到上面她的照片，婆娑着她曾经的模样，不禁湿润了眼眶。

谁的情怀在岁月的迁移中亘古不变，天涯曾许诺，相诺两不离，说好的离别不哭泣，为什么又泪眼迷离？我不想哭，奈何泪水钻了眼。我蘸墨挥笔在红尘里写下名为不悔的情书，从此我愿守在梦中的渡口，只想在那里告诉你：曲终人不散，生死不相离。

林觉民·陈意映：
吾作此书时，尚为世中人。
汝看此书时，吾已成一鬼。

吾今与汝无言矣。吾居九泉之下遥闻汝哭声，当哭相和也。吾平日不信有鬼，今则又望其真有。今人又言心电感应有道，吾亦望其言是实，则吾之死，吾灵尚依依旁汝也，汝不必以无侣悲。

——林觉民

黄花岗前的黄花又开了，我把双手合十，在心里念上一遍《与妻书》，不管时空如何变幻，信笺中寄托的情意，只要倾心回忆，便可知隐匿在字里行间的深情。黄花岗上还有多少遗憾事，来不及珍惜便成回忆，只待后人细细品味其中心酸的滋味……

少年不望万户侯

在福州三坊七巷，南京街与杨桥巷子的交叉路口，朱门翠竹灰瓦，不远处飘来桃花的香气。朱红色的大门，后面便是黄花岗七十二烈士林觉民的故居。

林觉民名满天下，除了他是"为天下人谋永福"的伟大革命先烈外，还有一层原因，他写下了一封融革命情深与浪漫主义于一体的《与妻书》，这封写在手帕上的书信，也被誉为"二十世纪中国最美的情书"。

推开故居的大门，在玻璃橱窗里，便是那篇著名的《与妻书》的手稿复印件。世上最令人遗憾的事，莫过于明明不可为而为之，世上最令人遗憾的情，莫过于生人作死别。这封《与妻书》是在林觉民生离死别时所作，字字泣血。为国捐躯的从容和对妻子的深情，百年过去，仍动人心魄，读之泪下。

走出展示区，在翠竹的掩映下，林觉民的半身塑像，目光深沉凝视着远方，这位被冠上革命先烈的男子，牺牲时也不过 24 岁。在林觉民故居的厢房里，放着一幅幅图片，让我有机会细细品读这位青年英雄挥斥方遒、侠骨柔情的传奇一生。

林觉民字意洞，自幼被父亲过继给了他的叔父林孝颖。那时科举还没有被废除，许多读书人依旧将希望寄托于此，林觉民的叔父也希望他在仕途上达到常人无法企及的高度，为林家光宗耀祖。在林觉民 13 岁那年，林孝颖就送他去参加科举童子试。林觉民是厌恶科举的，于是在试卷上公然写下"少年不望万户侯"便转身离开了考场。

不愿走科举之路的林觉民，在 15 岁那年，考入了全闽大学堂，这个学堂不同于旧时的私塾传授八股，而是讲学新思想、新文化。少年时期的林觉民不仅在课上勤奋，私下更是阅读《苏报》和《警世钟》等进步读物，他曾对同学讲："中国非革命无以自强。"想来林觉民革命救国的理想，也并非一时一日立下，才能有后来如此之大的决心。

全闽大学堂总教习叶在琦曾这样评价林觉民："是儿不凡，以养其刚大之浩然之气。"不止叶在琦，学堂的其他老师也对这个特殊的学生，有着极其深刻的印象，有人曾当众预言，亡清者，必此辈！

林觉民逐渐从懵懂少年成长为进步青年，作为长辈的林孝颖不免喜忧参半，更多的是忧大于喜。他担心儿子在这条路上走得太决绝，有朝一日白发人送黑发人……当这样的担心越来越多，他作出了一个决定——让林觉民娶妻成家。

在林孝颖的操办下，18 岁的林觉民迎娶了比他小一岁的陈意映。在他们婚姻的六年时间里，结发为夫妻，恩爱两不疑，可以说作为进步青年的林觉民，能如此满意这段包办的婚姻，和陈意映的好是分不开的。与闻一多和高孝贞的先婚后爱不同，林觉民与陈意映可谓"一见钟情，爱由心生"。当时，他们的家非常清贫，只有一张床、一张桌和两把椅子。但是陈意映并不在意，有林觉民这样英俊潇洒、才志冲天的男子做夫君，她是心满意足的。

笔者曾在一个雨天参观林觉民的故居，透过亭子外的雨幕，林觉民的塑像依旧挺拔，不惧风刀霜剑，像指路的灯塔，为无数伟大的革命战士指明方向。我坐了下来，茫然四顾竟没有一人，凉风嗖嗖，雨中的林觉民故居，突然有种被尘世遗忘的惶恐，再看一眼独自在风雨中的林觉民的塑像，心中竟起苍凉，如是想，彼时的林觉民在踏上这条革命之路后，便已经与芸芸大众割裂开来了。

最后的告白——《与妻书》

林觉民与陈意映新婚不到两年，林觉民就被父亲安排到日本留学。父亲林孝颖也是一片苦心，当时政治环境风云诡谲，林孝颖意识到革命的暴风雨即将来临，他知道儿子叛逆，所以，让他去留学，是希望他避开是非。

只是林孝颖没有料到，在日本，一大批热血的中国男儿正在聚集，为中国的存亡做着努力。在林觉民结婚的那年，《警世钟》的作者陈天华，为唤醒国民麻木的精神，一步步踏进深海，抗议日本蹈海自杀，年仅 30 岁。

林觉民深受触动，一到日本就加入了同盟会，他参加各种集会，写进步文章。他参加演说："中国危在旦夕，大丈夫以死报国，哭泣有什么用？我们既然以革命者自诩，就应当仗剑而起，同心协力解决问题，这样危如累卵的局面或许还可以挽救。凡是有血气之人，谁能忍受亡国的悲痛？"他的演说极具感染力，顾盼生姿，指陈透彻，一座尽倾！

即使身在日本，林觉民也一刻未曾遗忘爱妻陈意映，他曾言对陈意映心怀歉意。他曾写有一篇记录两人缱绻情感生活的文章《原爱》，文中写道："吾妻性癖好尚，与君绝同，天真浪漫真女子也。"

1910 年 11 月，同盟会商议向海外华侨募款，从各地革命党人中挑选几百名敢死队员，在广州举行起义。

同盟会总部决定由林觉民到福建筹集经费，并召集革命志士。1911 年春天，林觉民以学校正在放樱花假为名，风尘仆仆从日本归来，陈意映又惊又喜。关于丈夫此行的目的，陈意映也是后来才知道的。

那些日子，林觉民异常忙碌，根本不能如陈意映所期望的那样朝夕相对。陈意映虽有不悦，可是并无怨言。对她来说，有理想有追求的林觉民才是她最爱的丈夫。

革命起义需要武器弹药，没有财政补贴，林觉民就在西禅寺召集人马自己动手制造炸药。炸药准备妥当的时候，运输又成了一个棘手的问题，起义之事需万分谨慎，任何一步疏漏，都能导致计划的失败，事关重大，林觉民思索片刻决定把炸药装进棺材，然后找一个女人装成寡妇护送棺材去香港。

对于这个寡妇的人选，林觉民本想要自己的妻子来完成这一任务，可是当时陈意映已怀着他们的第二个孩子，无法成行，只得另选他人，1911 年 4 月的一天，林觉民对妻子说："我去趟香港就回来。"他转身的时候，陈意映拉住了他的衣袖，从背后抱住他，她说："你要远行，请将我带上……"林觉民身子一僵，这一去九死一生，他又如何能带她去冒险？转过身抚摸着妻子的脸颊，告诉她没事的，他会回来的，他还要看着他的孩子出世呢。

林觉民决绝而去，陈意映扶着大门目送他的身影被吞噬在漆黑的夜色里，她怎么也料想不到，这一次的分离竟成永别。

1911 年 4 月 24 日深夜，这一天距离广州起义只剩下 3 天，在香港滨江楼上，一想到家中牵挂自己的妻儿和父亲，林觉民的眼泪突然落了下来，他不是贪生怕死之人，一生很短，牵挂又太长，他起身，提笔在两块方巾上写下了《禀父书》和《与妻书》。

"意映卿卿如晤：吾今以此书与汝永别矣！吾作此书时，尚是世中一人；汝看此书时，吾已成为阴间一鬼。"

　　林觉民写写停停，伤情处，曾几次"不能竟书而欲搁笔"，方巾上的字眼见越来越小，都小到蝇头了，林觉民还是不想停下来，他满腔的爱此时已浓稠到了极点，可是更觉不够，他怎样写，都书不完对她的思念。那一刻，他多么希望手里的方巾大得没边儿，让他能够淋漓尽致地向陈意映表达他绵延不绝的爱。24岁的林觉民在月光下辗转难眠，不知不觉写到天已破晓，他把方巾折叠包好交给朋友，郑重嘱托道："我死，幸为转达。"

　　这是一个男人留给妻子最后的爱情独白。

　　相思的泪结成红豆，一次次地在梦中眷恋你的温柔，我多想屏退天下事，和你越过平生，在一个没有战乱的年代，和你一起赴今世携手一生的约定？曾几何时，我们在门前的桃花树下流连，我们一起放过纸鸢，许下那段姻缘……

吾灵尚依依旁汝也，汝不必以无侣悲

　　1911年4月27日，凌晨，林觉民和福州同乡一起，带领从福建赶来的20位敢死队员坐船从香港赶往广州。迎着海风，他的心里不是没有恐惧，只是他已经没有回归的路了，他又想起蹈海而死的陈天华，为了中华民族一死又有何惧？

　　林觉民释然了，他看得出来堂弟也很紧张，他出言安慰："此举如果失败，死人必然很多，定能感动同胞——同胞一旦尽奋而起，克复神州，重兴祖国，则吾辈虽死而犹生也，有何遗憾！"

下午 5 点 25 分，敢死队员臂上缠着白布，脚穿树胶鞋，他们将生死抛之脑后，一路奋战，闯入总督衙门。

在激烈的战斗中，大多数战友都牺牲了。林觉民腰部中弹，力竭被捕。

面对审判，林觉民心怀必死之志，慷慨陈词，对革命党人恨之入骨的两广总督张鸣岐这样评价他："惜哉，林觉民！面貌如玉，肝肠如铁，心地光明如雪，真算得奇男子。"

可是，他还是要杀掉林觉民，虽惜英雄，奈何不志同道合！张鸣岐无法劝诱他离开革命党，一个人的信仰不会因为肉体生死而背弃，枪声响起，颀长的身子像一座玉山一样倾倒，血液溅在了刑台之上。五月的黄花岗风和日丽，黄花盛开，漫山遍野，这是林觉民长眠的地方。

仅仅 249 天后，中华民国诞生了。

当林觉民的死讯传来时，陈意映已经有 8 个月的身孕，她并不愿意相信，认为那只是一个传言，她抚摸着肚子，倚在门口日日翘首以盼，她始终相信他会回来的，他不舍得抛下她们。她多希望有一天房门被敲响，林觉民突然出现在门外。

终于在一天夜里，陈意映期盼的敲门声响起，是他回来了！陈意映扑过去开门，却没想到门外却空空如也，月华照映在地，一阵冰凉刺骨，她的视线落在地上，那里有一个小小的包裹。

她拾起了包袱，打开一看，顿时泪流满面。包裹里，赫然躺着两封遗书。

他说，我不相信世上有鬼，现在却希望这是真的。这样的话，我的灵魂还能依依不舍留在你的身边了。

所以，为了你，我不喝那碗孟婆汤，我们用手指勾着打一个结，相约来世好么？在来世，希望我们都能在一个平安喜乐的世界里，相约白头。

林觉民死后两年，陈意映伴他而去……

朱生豪·宋清如：
醒来觉得甚是爱你

醒来觉得甚是爱你。这两天我很快活，而且骄傲。你这人，有点太不可怕。尤其是，一点儿也不莫名其妙。

——朱生豪

现在的人不流行写信了，爱也越容易说出口了，看一场电影、吃一顿饭便轻言了爱情，轻许了姻缘。越是如此，越是回想过去的时代，在邮局翘首以盼，等待着心上人寄来信件，在信里不会有一言不合就大肆争吵的场景，不会有通话时不知说什么的尴尬。

很多人在年少的时候也写过情书，将自己写的诗文、画的素描装在淡黄的信封里，贴上一张画有鸳鸯的邮票，寄给同在一个城市的他或是她，不是不能通话，而是不想破坏了封信、展信时那份美好的悸动。

在三十年代，也有那么一位年轻人，他很矜持，即使在路上遇见她，也只当作陌生人。同时，他也很浪漫，每两三天给她写一封情书。他用一根笔翻译了 180 万字的《莎士比亚全集》，给她写了 540 多封情书，这位年轻人就是朱生豪。

一同在雨声里做梦

民国时期，朱湘的《海外寄霓君》、徐志摩的《爱眉小札》、鲁迅的《两地书》、沈从文的《湘行书简》并称为"民国四大情书"。

有人曾将"四大情书"放到一起来评价，说朱湘的情书读起来，始终觉得像一个满腹温柔的少年在倾诉自己的委屈；徐志摩更像是自以为是的"小白脸"；沈从文痴情不改，字里行间又不免堆了些稚气；而鲁迅先生，乃是温情又别扭的硬汉。

而朱生豪的情书，评价人直言堪比甚至超过"民国四大情书"，他的文字白话又不失唯美，简短又意味深长，很符合当代人们的阅读趣味。

众人知道宋清如，绝大程度因为他是朱生豪的妻子，不过，宋清如就精神和才情来讲，一点也不亚于民国那几位赫赫有名的才女。

宋清如生于 1911 年。与她同年出生的有萧红，比她稍早的有孟小冬、丁玲、林徽因、陆小曼等，而晚于她的有苏青、张爱玲、孙多慈等人，这些民国女子大都心路坎坷、情路漫漫。

这些着素色旗袍、布鞋，发式干净，表情娴雅的老照片中的女子们，她们是旧时代的新女性，能断文识字，有远大抱负，但她们只是女性，是暗夜中行走的人，无一例外的有一颗隐忍、丰沛的心。宋清如出生在地主家庭，家境殷实，幼年接受私塾启蒙，及长进入苏女中便向家里抗议："我不要结婚要读书"，于 1932 年如愿考入之江大学，而在这一年她也遇见了她的丈夫——被称为"之江才子"的朱生豪。

梁祝的故事，祝英台女扮男装，在亭子里遇见了梁山伯，开始一段缠绵悱恻的爱情故事。在民国时代，一些家境殷实的女性都有着过多过少的读书情结，可能几千年来被憋坏了，一旦爆发，像火山，挡也挡不住。出走，读书，读书，出走，梦魇似的，于是就有了民国女性的身影在校园里穿进穿出。张爱玲的母亲黄逸梵在做了两个孩子的母亲后还要留洋，学绘画，习歌舞，即便是小脚到阿尔卑斯山上滑雪，为了穿高跟鞋而塞满了棉花。再看宋清如，她的求学经历也是险象环生，是宁愿不要嫁妆得来的。她的诗歌《夜半钟声》生动地反映了她那时的心理变化。

葬！葬！葬！

打破青色的希望，

一串歌向白云的深处躲藏。

夜是无限地茫茫，

有魔鬼在放出黝黑的光，

小草心里有恶梦的惊惶……

如果没有强大的决心和信念，是不可能在那个年代退婚的，好在家里还算开明，挽救了宋清如，也成就了宋清如。

宋清如是很有个性的女子，行事不羁洒脱、不落俗套。就民国女性讲究奢华的穿衣风格，她曾批评道："女性穿着华美是自轻自贱"，她还说："认识我的是宋清如，不认识我的，我还是我。"可见其卓尔不凡。

如果只有不羁的个性，没有与之匹配的才华，这样的人，是狂人，不是才女。个性与才情是相得益彰的，没有独特的思想，就算潘才如江，也会落入俗套；反之亦是，没有才情，思想再过独特，也难以被大众所接受，成为世人眼里的异类。还好，宋清如两者兼备。当时著名的《现代》杂志主编施蛰存先生在读过她的诗稿后，竟给这位女学生回了一封长信，称她"一文一诗，真如琼枝照眼……真不敢相信你是一位才从中学毕业的大学初年级学生。……我以为你有不下于冰心之才能……"

这样才思兼备的女生，顺理成章地进入了之江大学的诗社。听闻，宋清如的入社诗作是一首《宝塔诗》，朱生豪在传阅中读到这首入会新诗时，只笑了笑，既不是嘲笑，也不是捧场。从此，他们开始了频繁的诗词酬和。朱生豪瘦弱苍白、寡言内向，朋友们很少见他有激动忘情的表现，因此被朋友笑谑为"没有情欲"的才子。

世上哪有"没有情欲"的男子，只有还未遇见真爱的男人，朱生豪这般清冷的性子，写出的情书和情诗却是一点儿都不清冷。

"楚楚身裁可可名，当年意多亦纵横，同学伴侣呼才子，落笔文华绚不群。招落月，呼停云，秋山朗似女儿身。不须耳鬓常厮伴，一笑低头竟已倾。"

"我的野心，便是想成为你的好朋友；现在我的野心，便是希望这样的友谊能继续到死时。谢谢你给我一个等待。"

"做人最好常在等待中，须是一个辽远的期望，不给你到达最后的终点。但一天比一天更接近这目标，永远是渴望。不实现，也不摧毁。每发现新的欢喜，是鼓舞，而不是完全的满足。顶好是一切希望化为事实，在生命终了前的一秒钟。"

宋清如与朱生豪除了谈情说爱，议论诗文和交流作品也是两人交往的方式，朱也算是宋的"老师"，不时指点她一二。不知为何，在民国很流行师生恋，沈从文和张兆和、鲁迅和许广平等。青年男女之间切磋学问，志趣又相投，好学的女子自然会对灵性与才学兼具的男子萌发崇拜爱慕之情。

也许在当时，写信是一种无奈之举，青年男女为了生计或求学，两地分别是经常的，也是漫长的，慢腾腾的邮车给热恋中人捎去了彼此的惦念，也捎带着小小的烦恼，文字不比见面啊，总有词不达意之处。书信年代的恋爱似乎总是如此，缓慢悠长，正如木心诗云："从前的日色变得慢车，马，邮件都慢，一生只够爱一个人。"正是，最淳朴的物件，最能表达最纯真的情感。也愿你在最好的年纪，遇到最好的人，因此携手共白头。

朱与宋总是在深夜灯下，孜孜不倦地写啊写，盼信时的心焦被拆信的欣喜轻而易举地翻覆。整个恋爱进程在纸上可谓神速，惊天动地，见了面却只是淡淡地交谈。这一点我倒是深有体会，并非爱得不深，而是太过于在乎，见了面难掩羞赧，反而不知道讲什么，只得淡然处之。

才子佳人，柴米夫妻

1942 年，他们在苦恋 9 年之后，经旁人提议，也为便于世事及共同生活，才匆匆完婚。那年宋清如 31 岁，朱生豪 30 岁，都是大龄青年了。一代词宗夏承焘为新婚伉俪题下八个大字："才子佳人，柴米夫妻"。

其实在这之前朱生豪曾向宋清如提过一次结婚，却被宋清如拒绝了，她认为婚姻是情感恶化的开始，她曾直言："我和你好，不一定是以结婚为目的的，况且从爱情到婚姻的跨越是需要慎之又慎。"其实宋清如的考虑不无道理，想想沈从文和张兆和的例子便知，而朱生豪也没再强迫她。民国这个年代，总能孕育出各种富有才华的男子，这样的男子身上又带着迷人的包容性，宋清如是幸运的，遇到了懂她、尊重她的朱生豪。

婚后，朱生豪还是才子，一心沉浸在译莎事业中，对周遭世界完全不管不顾。可宋清如已不是什么佳人，只是辛勤的家庭主妇，帮工做衣、补贴家用，为一日三餐奔走。

1937 年和 1941 年，朱生豪的译稿曾两度在日军炮火中被毁。为了躲避日军的骚扰，宋清如和朱生豪婚后即去了常熟宋清如老家。

译莎是劳累而紧张的，但精神生活是丰富的，朱生豪曾对宋清如说："我很贫穷。狭义仅指先验的还原，即对描述主体的还原。认为通过，但我无所不有。"表达了他对婚后生活和新婚之妻的欣喜之情。为了调剂工作和生活节奏，朱和宋根据自己的爱好，一起选编了《唐宋名家词四百首》作为两人生活的情趣所在。

然而，常熟是日军清乡区，朱生豪化名朱福全，虽不上街，还是随时面临威胁。

1943 年 1 月，朱生豪和宋清如带着莎氏全集，来到了嘉兴东米棚朱生豪老家。

一张榉木账桌，一把旧式靠椅，一盏小油灯，一支破旧不堪的钢笔和一套莎翁全集、两本辞典就是全部翻译工作的用具。

董桥在《朱生豪夫人宋清如》一文中写道："有人准备写一本《宋清如传奇》，她听了说：'写什么？值得吗？因为朱生豪吧。'她答得简洁：'他译莎，我烧饭。'"

其实宋清如和朱生豪的婚后生活也不仅是译文，也有沁甜的小故事。有一次宋清如有事回了趟娘家，朱生豪竟每天在雨中站在门口青梅树下等候，捡一片落叶，写一首诗，"要是我们两人一同在雨声里做梦，或者一同在雨声里失眠……"宋清如回来，心疼得流泪。

朱生豪对闭户译作的投入到达了"足不涉市，没有必要简直连楼都懒得走下来"的地步。这也为他的健康埋下了隐患。朱生豪在翻译到《亨利四世》时，突然肋间剧痛，出现痉挛。经诊治，确诊为严重肺结核及并发症。朱生豪生前的最后一封信是写给二弟的："这两天好容易把《亨利四世》译完。

精神疲惫不堪……因为终日伏案，已经形成消化永远不良现象，走一趟北门简直犹如爬山。

幸喜莎剧现已大部分译好……已替中国近百年翻译界完成了一件最艰巨的工程……不知还能支持到何时！"1944年11月底，朱生豪病情加重，日夜躺着，无力说话，更无力看书了。

他对日夜守护他的宋清如说："莎翁剧作还有5个半史剧没翻译完毕，早知一病不起，就是拼着命也要把它译完。"

其实，朱曾邀宋一起翻译莎剧，但被宋以英文程度不如朱而婉拒。她担忧自己耽误朱的翻译进程。所以，朱生豪在世时，宋清如只是扮着读者、校对者、欣赏者的角色。

然而这样的角色也没扮长久，1944 年 12 月 26 日午后，朱生豪病危，临终喃喃呼唤："清如，我要去了。"朱生豪因肺结核等多症并发撒手人寰，留下宋清如寡母孤儿及未尽的译莎事业。

这一年，常熟女子宋清如才 33 岁，稚子刚 13 个月。他们的夫妻生活只维持了两年……

风中摇曳的女人花

宋清如这样的女子，多数人看着是心疼，本该风华正茂，应是深情缱绻，却被命运的铁蹄狠狠地践踏。将宋清如和林徽因比较，林徽因又是何其之幸？有相伴一生的丈夫，一生不娶只为伊的金岳霖，而宋清如只剩下自己。

漫漫人生将以何寄托？一般女子，没了男人，便没了精神支柱，全然活在男人的影子里。可宋清如不能这样，也不会这样，她有独立的思想，他在时，她甘心为配角，他不在了，她也要活下去连同朱生豪那份，一同活下去！朱生豪给她留下 31 种、180 万字莎剧手稿，未曾出版，还有他们的幼子，嗷嗷待哺。

一个人有了使命，有了爱，就有了活下去的勇气。

宋清如的后半生似乎都在赶着做这两样事情：出版朱的译稿，抚养他们的孩子。人生的风景太过繁杂，他还没有来得及细看，她要替他一一看过，待有一天她与他躺在永恒的寂静中，她要一一说与他听。

女子的情感实在令人难以捉摸，失去了还守护着、眷恋着。

一向豪奢惯了的陆小曼在徐志摩逝世后竟缟素，终身整理徐的书文诗稿。徐悲鸿的遗孀廖静文在徐去世后，一生守护徐的遗产，亲自组建徐悲鸿纪念馆。

遗孀的身份，确实不那么轻松。那个男人从此不可企及，在记忆中却变得愈发的美好，别人再也进不了她的内心世界，在寂寞中苦熬，靠回忆度日。

朱生豪去世后，宋清如一度很是清苦。除了照顾稚子朱尚刚，她把全部的精力都用在了工作上，那时候，作为翻译家的朱生豪几乎不为人知，他的译稿也是几年之后才获得出版。

得到之后失去的滋味，要比从未得到更加难以忘怀。深夜难眠时，她披着外衣走到那棵青梅树下，那个男人还是当年在之江大学时的模样，男人向她张开双臂，她含泪过去，拥抱了虚幻，原来一切都是梦一场，她怔怔地摸着眼角的泪水，那个人是真真正正地离开了……

那个年代令人遗憾的事太多，宋清如35岁之后忽然老了下去，原本清秀朝气的面容，黯淡生尘，有一种沧海桑田之感。过去泛黄照片中容貌清秀，如空谷幽兰般的女子已不再，如今半身小照上，那双原本充满灵性的眼眸蒙上了一层水汽。这距朱生豪辞世才三年，而生活已经让她如此疲惫。

1997 年，宋清如离开人世，与朱生豪分别整五十三年后，他们于天国团聚。因朱墓已毁于"文革"，所以她只能和《莎士比亚全集》、朱生豪的书信及那个装了他灵魂的信封一起下葬。"一同在雨声里做梦，一同在雨声里失眠"，只凭着这一点灵感的相通，也能时时带给彼此以慰藉，像流星的光辉，照耀着疲惫的梦寐，永远存着一个安慰，纵然在别离的时候，我亦在你的身边……

参考书目

［1］《民国女子：她们谋生亦谋爱》，桑妮（著），北京：商务印书馆国际有限公司，2011 年。

［2］《情爱民国：民国文人的婚恋微记录》，陆阳（著），北京：团结出版社，2014 年。

［3］《民国才女的爱情往事》，李洛洛（著），贵州：贵州人民出版社，2014 年。

［4］《郁达夫的孤影流年》，高维生（著），北京：团结出版社，2015 年。

［5］《哀与伤：张爱玲评传》，周芬伶（著），上海：上海远东出版社，2007 年。